记忆三书·之三

周志文 著

家族合照

三联书店

Simplified Chinese Copyright © 2019 by SDX Joint Publishing Company.
All Rights Reserved.
本作品简体中文版权由生活・读书・新知三联书店所有。
未经许可，不得翻印。

图书在版编目（CIP）数据

记忆三书. 家族合照/周志文著. —北京：
生活・读书・新知三联书店，2019.10
ISBN 978 – 7 – 108 – 06458 – 5

Ⅰ.①记⋯　Ⅱ.①周⋯　Ⅲ.①散文集－中国－当代
Ⅳ.① I267

中国版本图书馆 CIP 数据核字（2019）第 010545 号

责任编辑	刘蓉林
装帧设计	蔡立国
责任校对	曹忠苓
责任印制	宋　家
出版发行	生活・讀書・新知 三联书店
	（北京市东城区美术馆东街 22 号 100010）
网　　址	www.sdxjpc.com
图　　字	01-2019-5410
经　　销	新华书店
排　　版	北京金舵手世纪图文设计有限公司
印　　刷	河北鹏润印刷有限公司
版　　次	2019 年 10 月北京第 1 版
	2019 年 10 月北京第 1 次印刷
开　　本	787 毫米 × 1230 毫米　1/32　印张 8.5
字　　数	151 千字
印　　数	0,001 – 6,000 册
定　　价	42.00 元

（印装查询：01064002715；邮购查询：01084010542）

生活的大部分在我们内心——
那些忧伤的日记，未曾坦承的爱
的难言之痛，都不会因为无言
就不真实。

　　　　　　　　　——达纳·乔雅《无言》

目 录

写在前面，记忆与时间　1

自序　远方军号声　9

家族合照

故乡　19

若瑟与马利亚　31

安平　44

二姐　53

有裂纹的镜子　66

纷扰　80

荞麦　94

姐夫　102

厚黑学　113

竹篱内外

路姐姐与奚姐姐　　125

书记官郭荣仁　　136

商展场的初恋　　148

竹敏　　160

曹兴城的故事　　172

老兵唐桂元　　187

余光

风的切片　　201

稻田里的学校　　212

说"国语"　　222

钢笔　　232

小镇书店　　241

书法的记忆　　250

代跋　暮光之城　张瑞芬　　261

写在前面，记忆与时间

三联书店要把我这三本书合起来结集出版，一开始，我有点戒慎恐惧，心想：这三本书值得重新出版吗？后来稍稍安定了，便免不得有点高兴起来，作品被人肯定，说不高兴是假的。

这三本书在台湾同是由印刻文学生活杂志出版社在二〇〇九年之后分三年陆续出版的，在大陆，《同学少年》二〇〇九年由山东画报社出版过，《记忆之塔》《家族合照》则在二〇一三年由三联书店及广西师大出版社出版。

这些文字只是个人人生的回忆罢了，彼此不连贯，所记内容也显得片断。《同学少年》是我读高中之前在台湾宜兰乡下的生活杂记，《记忆之塔》写的是我到台北读大学之后的遭遇感触，《家族合照》则如回光返照似的回过头来写自己家族生活中的一些隐痛,以及一些由家庭扩散出去的微小事件与人物。人微言轻,对个人而言,也许有点纪念的价值,对其他人,是没什么意义可言的。

后来想想,世上绝大多数的人都跟我一样,随缘起落浮沉,都是算不上斤两的"小"人物吧。俗语说天塌下来有高人顶着,高人是伟人,有了他们,我们小人物才能得庇荫、免灾祸。其实再想想,天下的大祸,大多是这群伟大人物惹出来的,他们又聪明绝世,天真塌了,他们自有避难处,可怜的是芸芸众生,最后被迫流离失所的都是我们。

但小人物也无须自卑,因为已经"真"的卑微了,再自卑下去,不是全没了吗?要是说到天地不仁,以百姓为刍狗,也不尽然,小人物也有自己的世界,花开花落,自成季节。能滋养、感动一般人的艺术,才是真正的艺术,这句话好像是托尔斯泰说的,因为芸芸众生总是以数量取胜的啊。

一般而言,小人物的眼睛还比大人物的清明些,不因为聪明,而是置身环境之使然。大人物如舞台上独白的演员,身体被远近的聚光灯照着,除了自己,看不见四周,表面上的万人迷,其实孤独得要死,不如黑暗观众席中的小人物,反而能把四周看得比较真实。万一发生事端要逃生,暗处的人比较能辨出方向,因此乱世中能苟活的多是小人物,做小人物不见得不好。

我又想起有关时间的事。时间不能重复，哪怕一次也不行，用句比较学术的语言来说：时间是不可逆的。读历史永远不能补救现实，现实马上融入历史，而历史绝不可能重新来过，唐太宗说："以铜为鉴，可正衣冠；以史为鉴，可知兴替。"其实古代的兴替与现今的兴替不同，不宜混为一谈，历史学家很少能成为好的政治家的。三联的编辑刘小姐来信，说各篇文章中的纪年，"十年前""二十年前"，现在重新出版，是不是要做处理？我觉得这问题很好，切中了时间意义的某些症结。数字是改不胜改的，假如书之后还要陆续出版，读者要记得，书中的纪年是作者写作时的纪年，而不是读者读此文时候往上推的纪年。事情发生过了，记下来算是记得，没记下来的就是忘了，记得是有，忘了是无，忘了就等于不存在了，不是吗？

我有点怀疑"客观存在"这句话。没有司马迁的《史记》、班固的《汉书》，今天历史上的张良、韩信还"存在"吗？《淮阴侯列传》中记了一段极隐秘的事件，韩信当时叛汉之心初露，有一名叫蒯通的相士来见他，文中说韩信令"左右去矣"，意思是要四周的人都走开，蒯通私底下仔细看了韩信的相，跟他说："相君之面，不过封侯，又危而不安；相君之背，贵乃不可言。"等于直接要韩信叛变了。后人怀疑这段记录，因为当时汉高祖刘邦已几乎将奄有天下，叛汉之事攸关二人的生死，绝不会告示他人的，如此隐秘之事，司马迁何以知晓？

这证明世事在所谓"可信"之中，是有些看起来也不怎么可信的，我们不得不讨论这个问题，因为这也牵涉"记忆三书"中有关记忆的部分。

同样是三联编辑刘小姐的细心，她说我文中所引的周璇所唱的一首歌，经她查过歌词原文发现我写错了，问我要不要改过来。我说既错了，就请你帮我改过来吧。事后我想，再好的记忆也可能犯错。有一次我问初中同学古朝郎是否记得国文老师张鸿慈先生要我们背《中庸》"有弗学"的事，他说背书他记得，但是否背了"有弗学"那段他忘了。可见同样一件事，各人"采样"不同，因而记忆也有别了。

有时记错了，反而是一种"存真"呢。我在《同学少年》的《影戏》一文中回忆小时候看日本电影《宫本武藏》，三船敏郎主演的。在文中，我记述宫本武藏跟佐佐木小次郎在海边决斗，结果佐佐木小次郎把宫本武藏给杀了。明白故事的人都知道是我"记"错了，正确故事是宫本武藏杀了佐佐木小次郎，我当时人小，没弄清楚，却把错误当成真实。但如把"记"当成"记录"来说，却算是记对了，因为我把小时候的错误记忆正确地"记"了下来。

事情常常混淆，记忆当然并不那么可靠。文中所记，多属自己内心的孤证，很多已根本无法证实了，有时连我都对自己所写也有点不能确信起来。但这样的信或不信，都无关大局，时间就这样过去，连堂堂司马迁的记录都有人怀疑，那么细琐如我个人的回忆，还有什么好说呢？

但有时还真有出乎意料的事。

我在《家族合照》里有篇《老兵唐桂元》，写眷村一个独居老兵的故事。唐桂元一生做过的只是军队中最基层的兵，连个士官都不是，不识字也没家眷，退伍后在一位长官的家里打杂，不久长官他调，便以捡拾破烂糊口，后来出了车祸成了个瘸子，勉强推着破车以鬻甜食为生，最后怎么了，我因到台北读书，也就不甚了了。唐桂元这个人，在我们所处的大时代中，可说毫无"分量"可言的，古人说死有重于泰山，轻于鸿毛，他就算死了，也算是"鸿毛"级的吧。他的存在不被重视，久了连是否存在都令人怀疑了，我在情绪低落时，也曾一度怀疑我所写的是不是真的。

不料这篇文章二〇一一年三月二十九日、三十日分两天在《联合报》发表，不久竟收到一位林耀龙先生的来信，说他是在宜兰的荣民服务处担任罗东区的服务员，他读了我的文章，特别清查荣民服务处的所有资料，发现全台荣民叫唐桂元的共有四人，比较我文章中所说的籍贯、年龄，合理推出以下的唐桂元应是我文章中的"传主"：

唐桂元

1987/04/16 苏澳荣民医院住院

1987/06/02 出院（资料登记回原单位，唐在屏东退伍，户籍登记在此处。）

1989/04/03 又入住苏澳荣民医院

1989/11/30 病逝于医院

1990/03/26 安厝于宜兰县军人忠灵祠，安厝号为 02257

出生地：广西泉县

出生日期：1908/08/23

后来《家族合照》出了书，我特别寄了本给林先生以作纪念，他又找出书中所写的《书记官郭荣仁》一篇来，说郭荣仁的灵骨，目前也奉安在宜兰军人忠灵祠，安厝号是 01339，并寄来灵骨牌位的照片为证。

我真感谢热心而迄今未谋一面的林先生，经他的努力查证，两个完全被时代淘汰遗忘的小人物至少在我心里又"活"转过来了，也证明我所记的，在此世界是确实"存在"过的。林先生的来信指出我文中说唐桂元自称民前一年出生，属猪，但军中资料却是民前四年出生，不知我是否记错了。但我告诉他以我自己身份证上的资料都有错看来，他们那一代如有错则更在意料之中了。收到林先生的来信之后，我对自己记忆的怀疑感也稍稍减轻了。

便仿哈姆雷特的问题"To be, or not to be"问一句吧，是存在呢，还是不存在？也许可用这个问法吧：现在已不存在的，就叫作"从未"存在过吗？或者再换个问法：历史假如由唐桂元来写，在别人眼中他潦草的存在，是真的潦草吗？一生无依又瘸了腿，是很大的痛啊。这都是攸关生命的大问题，不仅四百多年前的莎士比亚无法解决，恐怕任谁到今都不好作答的吧。

某一个悠悠的夏日，我读到郭珊一篇有回忆性质的文章，文末几句我很喜欢，她说：

> 风月易醉多情客，但取相思一片云。最纯粹的相思是不恼春风，亦不怜秋扇，唯记得而已。而所有记得的欢喜相逢，都是因为长久的尊重，被时光之水一遍遍地过滤，直至澄净如初。

真是篇好的文章，感谢郭珊对她生命中"记得"的小事总有点痴。哪怕只是一片如雪的广东伦教糕呢，她都可以反复低回依恋。她的痴把我从虚无的险境带入沉静的现实，我宁愿相信她所说的，世上还有许多人、许多事需要我们记得，不管事的大小、人的贵贱，凡存在过的就都有意义，并且值得用时光之水——淘洗，直到所有回到真实的澄净，不是吗？

二〇一八年八月十五日

溽暑之日写于台北永昌里旧居

自序　远方军号声

　　一篇文章、一本书，自己看久了就生厌。一天，莫名其妙地将它交给副刊编辑或者寄给出版社，要他们看看到底如何，想不到评价不错，不久文章"见了报"，书则由出版社的负责人来信表欢迎，说已排定某时出版。那时有点后悔，不过闹到这个田地，心想只好算了，就让它顺其自然吧，心里还是有点不安。所以当自己对一篇文章生厌时，最好的方法是立刻扯了、撕了，勿留秽名天地之间。一本书规模的文稿不太好撕，但焚之毁之，还是有办法的。

　　但说起来容易，做起来困难，不是说"敝帚自珍"吗？每个人对自己的东西（包括自己的孩子）都有护短的心理，说是生厌，文章一旦在副刊登出，或者以一本小书的样貌在书店的橱窗出现，看起来也不至于那么可"厌"了。这是为什么李卓吾把自己的书取名叫《焚书》《藏书》,并没有把书真正给"焚"了"藏"了一样。张岱说:"则其名根一点,坚固如佛家舍利,劫火猛烈,犹烧之不失也。"可能道尽了其中的意思。

这本小书收了几篇由我的"家族"引发出来的故事,原本只是"私事"。我与我家族的成员,都是小人物,包括我书里写的我童年周围的一些人与事,严格说来,在这个"大时代"里都无关紧要、可有可无,也可说是"多一个不多,少一个不少"的,本来没什么可写,也不想写,想不到竟写了。我后来到台北闯荡,教学上庠,也经历过一些以前想不到的经验,所与之中,有一些可以称为"国之髦士"的重要人士,那些人物大多装腔作态,很少以真面目示人,更不要说其中还有尔虞我诈的事端穿插出现。与这类人物相处得处处提防、时时紧绷、瞻前顾后、左支右绌,比较之下,还是小人物、小故事接近人情,而且花开花落,自成季节。

大陆青年评论家张彦武(笔名燕舞)看了我的小书《同学少年》之后,谬加赞许,说是台湾"眷村文学"的代表作。我去信表示不同意,我的《同学少年》其实不是为眷村而写,只不过内容有几篇跟眷村有关,那是我曾生长的地方,我想舍弃也舍弃不了的。我在与他书信往来的时候,心想也许可以把我在眷村的见闻单独写成一本书,我在出版了《记忆之塔》之后,开始陆续写这本书里的文章,也有小一部分在《记忆之塔》之前已开始写了。

这本《家族合照》,写的是我家的事,里面出现的眷村生活比《同学少年》要多,尤其是"竹篱内外"里面的几个人物,都是与我童年的眷村生活有关,"余光"中的几篇,慢慢向外面拓展开去,但距那个早已根植在内心的"基地"还是无法离得太远。意大利导演费里尼(Federico Fellini,1920—1994)有次说:"长久以来我一直想拍一部关于我老家的电影,我是说,我出生的地方。但有人向我提出异议,说我根本没有拍过别的。"再伟大的艺术,其实还是在自我的小范围里兜圈子,就跟《西游记》里的孙猴子一样,自以为是上穷碧落下黄泉周游无限了,但在如来佛看来,还根本没超过他的手掌心呢。因此我想了想,燕舞的说法也不见得不正确。

燕舞曾来信请我描述我以前住过的地方,怎么说呢,那种事确是说不清的,何况只用短短几篇文字。我以前住过的眷村已埋入历史,现在一点痕迹都没有了,这世界大部分人没有历史感,什么事一埋入历史就表示没人再注意到甚至意识到,对他们而言,那就等于不存在了。我的家庭很小,人都是平凡的人,当然也各有兴衰起伏,但与世上一些大开大阖的人比较,总缺少精彩可言。我少年时住的眷村也不大,当它最盛大辉煌的时候,也只不过六七十户,后来虽然有人迁出也有人迁入,而总户数不见增,反而逐渐减少，这跟它处于比较不繁华的东部有关，还有它是"外省人"的聚落，必须面对台湾所有外省族群凋零分散的共同命运。

我想起颜色。当我少年时，宜兰的天空总不是怎么晴朗，我脑中的颜色是黑白的居多，偶尔加上一点灰色与褐色，都低暗得很，唯一比较有亮度的色调，是土黄与青紫的交错，但亮度也不足。那两个对比强烈又神经质的颜色好像与我关系深远，有时填补在我童年生活云与山之间的空隙中，也填补在我周围户与户以及人与人之间的空隙中。所以我面前的这一幅画，像一幅色调以黑白为主的木版画，虽然线条严密，而人的关系是疏离的，情绪是紧张的，缺乏橙黄、大红，还有成片连绵的绿与坦荡无垠的蓝。对我来说，那些才是真正的颜色，愉悦又大快人心的，我觉得一个自足又饱满的农人或者一个怀有理想的知识分子，面前该是那种颜色，但它们很少、几乎没有在我少年时的画中出现。幸好还可从另外一点来看，缺乏形成渴望，渴望引领你用以后的一生去寻找。

嗅觉倒是饱满的，眷村虽小而气味丰富。只需几分钟，就可走过眷村的所有门户，每当下午放学，也是各家煮晚饭的时候，各种特殊的气味从空中"发射"出来，如同阵地的子弹炮火，令人躲也无处躲。菜色各家不同，像吃火锅都用共同的"锅底"一样，每家的锅底是同样的很不纯粹的花生油。公家发的花生油多杂质，必须用大火猛"爆"才会减少它的"油哈"味。用廉价油爆出来的菜，辣的会更辣，酸的会更酸，臭的则会更臭，眷村居民的鼻腔早已习惯各式强烈的气味，最后因为刺激过多都变得无动于衷了。人的五官是连在一起的，鼻腔的折磨连带使得五官的功能俱失，至少大打折扣，藏在更深的人性之中的"五情"与"五蕴"也都一样，当人生活在有色彩的世界却分不出色彩，久而久之，他视觉里就没有色彩了。老子说的"五色令人目盲"，或许就是这个道理。

平台上五色、五味甚至人的四体杂陈，所有东西就大剌剌地摆在那里，初看起来光怪陆离，但只让它那样地摆着，时间久了也就默默无闻了，没人把它串连成垂直的、有意义的故事。从思考层面来说，眷村是个水平的世界，偶尔有人发了点痴，产生了点幻想，想要把世界弄得"不一样"一点，像火花在夜晚闪烁，短暂的光敌不过笼罩全局的黑夜，不一会儿也就消沉了。不过眷村的世界也不见得真小，也会有大些的事发生的，诸如生与死、突发的疾病引起的改变，还有坚持与背叛的故事、恋爱与失恋，等等，都可以算是大事了。然而所有的事都发生得太快，有一段时候又发生得太密，让人很难全数反应过来。像看到远方闪电，再听到雷声总要一阵之后，当人反应过来了，事情早已过去。或者像几滴雨落在滚烫的柏油路面上，大是很大，但也一下子就不见了。

眷村对大多数小孩来说，更像一个大而化之的母亲，她生了太多子女，以致对任何事都漠不关心；又像是供应大锅饭的公共厨房，你来了任你吃，你走了也不管你，双方的关系都自由极了。由于我与我住的眷村在身份上有"隔"，我不是这个村子登记在案的正式居民，我只是寄居在二姐眷村的家中，那里没有我的空间，也没有我的配给。这个在别人视为母亲的眷村，若我也用母亲的意象来看她的话，她只能算是我的后母，她并不会对我刻薄，但对我确实更不关心。说也奇怪，当时我很喜欢我尴尬的身份，比起其他的孩子，我更是前不着村后不着店的，这样却让我更加左右逢源，至少感觉上是。表面的困顿给了我更多的机会，我看起来什么也不是，却表示我可以是任何人，可以做任何事，而且不用担心失败。对我而言，什么地方都是结束，也是起始，只要我心里想要，没人能阻拦我。

罗东有一个军营，在镇西一个叫北城的地方，那里有一个日据时代留下的神社，通往神社的道路两旁，有秩序地排列着刻有"奉献"字样的石灯，再旁边就是成排的俗名叫尤加利的大叶桉树，军营就在旁边。因为不是要塞，小镇也无险可守，所以军营的驻军并不多，曾经驻过一个轻装师的团部，与重装师相较，顶多一个加强连的人数罢了。我记得我二姐夫作副团长的时候，曾在这儿短暂驻防过。军营没什么特殊的，唯一可记的是军号的声音。所有军营无论大小，都是用号声来指挥，军号没有像一般管乐器的按键,仿佛把铜管随便扭曲几道,把出口敲成漏斗样,加上个吹头就成了。军号手没有识谱的,好在军号只有 Do、Mi、Sol 三个音,他记谱就用阿拉伯数字 1、2、3 来表示,如果是低音,就在数字下点一点,简单得不得了。

北城离我们的眷村很远,但以前世界宁静,早晚还听得到军营传来的号声,只 Do、Mi、Sol 三个音,也能组成繁复的故事似的。当晚上十点,大多数的人都忙完了一天的活计,遥远的军营传来忽强忽弱的熄灯号,整个多纷的世界就都要埋入昏睡的黑夜了。但我听了总是睡不着,熄灯号里藏着睡眠与死亡的暗示。秋冬之际,东北季风在空中呼啸,里面夹杂着从五结那边传来的海涛声,海涛十分有节奏,从未断绝过,但不细听是听不到的,晚上则可听得清楚,证明无声其实藏有更多的声音。已经有几万年或者几十万年了吧,海浪拍打着沙岸,一刻也没停息过,那时还没有人类的文明呢,我想,涛声中一定藏有关乎全世界或全宇宙最根本的秘密,却好像从来没有人注意。

诸如此类,在我人生的那一个时代,一切仿佛是静止的,却都忧心忡忡地存在。不时的幻想使我对乏味的眼前不觉慵倦,未来的生活,包括意志与命运的争斗、性爱的憧憬、死亡的预感……更多繁复的想象,都从那里开始。世界末日也从那里开始,只是到今天还没真正结束。

不经意的事反而重要,一件事看起来很短又无声,但不应忽略,也许就是一个人的一生呢。当然只要地球与太阳仍保持同样的距离,而且维持目前自转的速度,所有事情都还要继续下去,湮灭了沉沦了的小事有一天会再从漩涡外浮出,消失了的人影,也会再度出现,到时看你要如何对待。我读陈明克的诗,里面有这样的句子:

    停停走走的车流中
    我小心控制车行的速度
    蒲公英等了这么久
    茸毛轻轻颤动

    就这么一次
    不要这个时候下雨
    让蒲公英飞起来
    从我无法离开的公路

我喜欢这首诗,因为与我此时的心情相同。

二〇一〇年十月十二日写于台北永昌里寓所

家族合照

故 乡

在说故乡前先说说籍贯这个词，籍贯的籍字在古时候是指名条的意思。一个读了书的人想要进学校作学生，必须先参加"进学"的考试，在考试之前先要到办理考试的机关报名，报名表就叫"籍"，又叫"名籍"，上面写了祖父、父亲与考生三代的名字。后来机关把考生的所有报名表用绳子贯穿起来装订成册，存在政府机关里面，便叫"籍贯"。所以古时候，籍贯是表示一个人在政府机关注册过名字，通常有籍贯的人才有正式的名字，只有进过学的人才有名字与籍贯可言。有正式的名字又有籍贯，在以前的社会代表一种特殊的地位，与一般的平头百姓是有差别的。

到了后来有了户口、有了身份证，人一出生就得报户口，问人籍贯何处，就等于问那人是哪里人。也有问人在何处出生，这跟问他是哪里人是一样的,因为在以前,人大多出生在"老家",籍贯与出生地绝大多数是相同的。但遇到乱世,人如萍漂蓬飞,正如老杜诗里说的:"支离东北风尘际,漂泊西南天地间。"人的出生地与籍贯就很多不同了。譬如我身份证上登记的籍贯是浙江鄞县,我的出生地则是湘西的辰溪,而我一生绝大多数的岁月都在台湾度过,问我是哪里人,我很不容易说得清楚。

我曾在欧洲大学讲过学,外国人看到我一张东方人的脸,在东亚系任教,都会先问我从哪里来?我会直接答以台湾,他们后来也都以 Taiwanese 在背后叫我,翻成中文,我就是台湾人了。这个名称加在我的头上我一点都不觉得有什么不对,我确实是台湾人,我在台湾住了一生,交游虽然从未限于地理环境,但所交大多数也是本地人。我很赞同周作人说的一句话,他说:"我的故乡不止一个,凡我住过的地方都是故乡。"我的籍贯与出生地都不是台湾,却把台湾认作是故乡是很自然的事。

但最近十几年,我的"故乡"认同发生了问题。很多人因我的籍贯是浙江,便把我看成大陆人,这一点我不否认,我的籍贯确实不在台湾,又因为我出身大学中文系,看人误会了中华文化,会把我以为正确的意见告诉他,久了后便有一部分人不接受我认同台湾,说我是"中国人",不是台湾人,而且语气很是不好。这让我愤愤不平,我可以是中国人也是台湾人呀。后来"政府"看到有些人在挑拨族群议题，便把身份证上的籍贯一栏取消，代之以"出生地"。我的两个孩子都出生在台湾，都可以摆脱籍贯的困扰，做个名正言顺的台湾人了，但我不成，我只不过从一个外省转成另一个外省罢了，算来算去还是一个"中国人"。在此刻的台湾被称作"中国人"，不见得被敌视，但确实是被"异视"的，尽管我不论到浙江或湖南，手中都还得拿着"台胞证"。

我其实不是那么在乎，我父母都是中国人，我当然也是中国人，我觉得我比一般人了解更多的中国，掌握到某些别人不知道的中华文化精义，我以作中国人为荣。然而我自己作中国人，却从不鄙夷外国人，也从不轻视别人的文化，我认为世界上没有绝对的真理，每个国家每个民族都有他可爱之处，不同文化也各有其价值。只是我已习惯了中国文化的节奏与气味，吃惯了中国的食物，习惯了用中国的文字与语言来表达我的爱与思想，这辈子我已别无所图，还是让我安安稳稳地作个中国人好了。

如果把中国做比较广义的解释，没有台湾人能说自己不是中国人的，包括我们的生活习惯、我们使用的语言都是来自中国。除此之外，我对中国的了解可以说完全是来自台湾，甚至对中国的感情也是来自台湾，除掉台湾，我的中国是不完整的。所以，中国对我而言是不能割舍的，而台湾也是不能割舍的，这不像孟子所说的鱼与熊掌"二者不可得兼"，二者在我身上不是矛盾而是统一，不是排斥而是融合，二者是完全可以得兼的，而且除了少数政客，在这岛上，二者也得兼又融合得那么普遍。

我从没"回去"过我身份证上的籍贯地。我到过很多次大陆，去过很多地方，包括最北到了松花江流入黑龙江的一个名叫街津口的地方，那是大陆少数民族赫哲族聚居地，那里比"北大荒"更北。我们乘船在黑龙江上走，船夫得小心以免越过江的中线，一过去就是俄罗斯了。最南面我到过海南岛的三亚湾榆林港，三亚湾最南的沙滩上有几块延伸到海的礁石，上面被古时的迁客骚人刻着"天涯""海角"的字样，每笔都透露着绝望的心情，那是传统中国人所能到达最南的地方。那里我都去过，而浙江鄞县，那个登记在我身份证上的籍贯，对我只是个既熟悉又陌生的地名，我从来没有去过。

我为什么没去过"故乡"？我一下子想不出明白的答案，也许是情怯，也许是因为自觉慎重所以要等待吧。我当然知道，大陆有些地方已彻底地改头换面，譬如鄞县已经没有了，原来的鄞县现在只是浙江宁波市的一个区，用大陆现在的标准，我算是宁波人才对。所以我对故乡的了解，全从古书中得来。古时候宁波是一个"府"，明清时府下辖有五县，即鄞、慈溪、奉化、定海、象山，《国语》上说："勾践之地……东至鄞。"可见这地名在孔子之前就有了。然而这些历史上的故实，其实跟我没什么关系，宁波出现过一些名人，包括明清时期的屠赤水、全谢山，范氏的"天一阁"与"浙东学术"，民国时代的蒋家，还有包玉刚、董浩云等，也都与我无甚关联，跟我扯上关联的只是鄞县有点莫名其妙地被登记在我的身份证上，成为我的"籍贯"了。

后来我才知道，我算浙江鄞县人这件事并不是从我父亲那里"继承"下来的，报户口的时候我父亲已死，家人就以我母亲的籍贯报我们的籍贯，我的姓是从父而来，而籍贯却是从母而来。这"鄞县"两字跟着我一辈子，以前所有的证明文件，包括结业证书、毕业证书、退伍令、结婚证书甚至于学校人事处印的教职员通讯录上面都要登载的。

我知道这件事很晚，是在一份父亲留下的资料中知道的，那是一张抗战时父亲在一个兵工厂的服务证明。证明书左边的折页上写着"中华民国三十年十一月一日发"的字样，这日子距离一九四一年十二月七日日本偷袭珍珠港的那一天，还有一个多月，而中国独立抗战，已经四年多了，正是整个中国最困顿的时候。父亲的服务证在年月日的上面又盖了颗长方形的关防，上面小篆的印文写着是："军政部"兵工署第十一工厂关防。大印上的厂名便是父亲服务机关的正式名称，名叫"十一兵工厂"。服务证的右边有一张比现在一英寸登记照还小的照片，已经泛黄，但还看得清楚，照片中人面容干瘦，留着平头，头发也是黑白相参的，穿着一件皱巴巴的中山装，看得出是个邋遢又神经质的男人。照片上方几个框框，从右到左横写着：

部别：印刷所

工别：领首

姓名：周正元

年龄：四十二岁

籍贯：浙江天台

我终于可以推算父亲的年龄了，民国三十年时他四十二岁，表示他是民国前十一年生的。服务证上写父亲在厂里的印刷所是个"领首"，那两字真怪，为什么不叫首领呢，但就是叫首领也很怪，像强盗的头头，那称呼也许当时很普通，现在一定不会这样叫了，会换成所长或主任等吧。其中的籍贯栏是我最重要的发现，原本父亲是浙江天台人，那么我也"该"是天台人了。我发现这资料的时候不但父亲早已去世，母亲也病故许久了，我拿去问我二姐，二姐不明所以，她与我是同母异父，她对她这名叫周正元的继父也所知不多，我周围没有求证的对象。我的父亲后来改名叫周信夫，我身份证上父亲栏的名字便是这个，一次二姐告诉我，我已忘了她什么时候告诉我又为什么告诉我了，但我清楚记得，她说父亲后来一直怪自己命不好，所以就改了名字，但这个好名字没让他使用很久，后来父亲还是在四十六岁那年过世了。

我没到政府机关去更改籍贯，一方面没这必要，一方面没有证据，父亲的服务证可算是证据，但当时的父亲不叫周信夫，不是我身份证上父亲栏的名字，所以不能证明什么，何况隔了一阵，身份证上的籍贯栏已去除，就更无须更正了。后来我知道，以前文件上登记的资料，不见得都是可靠的，譬如我的身份证上母亲的名字是胡仁青，那根本是错的，我母亲原来姓沃，是个很罕见的姓，她的第一任丈夫姓胡，后来报户口，就随着姓胡了，至于她为什么叫胡仁青则没人知道，据说连母亲本人也不明就里。我有次问二姐，这三字是不是她父亲的名字，她与大姐是母亲与第一任丈夫所生，她却说也不记得了。好在这事对我母亲没影响，她不识字，也没人写信给她。古人说："人生识字忧患始。"从这一点看，不识字对她并没有什么不好。

父亲籍贯栏上的浙江天台是不是正确无误，我不能断定，只有姑且相信。我后来读了一些古书，也养成一些"神游"的能力，偶尔幻想能到天台，到这个我从未去过也不见得可靠的"故乡"去游历一番。

二十年前我在三民书局帮忙编《大辞典》，得以认识当时在政大任教的谢云飞先生,他是浙江籍的前辈,经他提醒,我才知道天台两字之中的台字是不能写成"臺"的,而且天台的台不能念成阳平的"抬"声,要念成阴平的"胎"声。他要我查《广韵》,果然在"台"字下就只注着"胎"这字音,原来在古韵中,"台"字是平声而"臺"字是仄声,两字不能混用的。天台之地名源于境内有山名天台,据顾祖禹《读史方舆纪要》上说:"山有八重,四面如一,当斗、牛之分,上应台星,故曰天台。"古人喜欢把地上的山川与天上的星宿相配,这叫"星野",地上的台山是配合着天上的台星而存在的,所以叫作天台。天台所在的地方又叫作台州,旁边的海湾叫作台州湾,这几个"台"都得念作"胎",这"台"字古时与我们台湾的"台"是两个字,不能弄混了。我后来看牟宗三先生写的《圆善论》,里面写到佛教的天台宗,全印成"天臺宗"了,当然是手民之误,但印了几版也没见改正,可见就算大儒在这地方也会犯错。

明清台州立府,下辖有六县,即临海、黄岩、天台、仙居、宁海、太平,民国废州存县,我父亲服务证上的浙江天台应该是指天台县了。天台县最有名的是天台山,这座名山不但是佛门圣地,也是道教里的名山,山西面的玉京洞,被道教视为天下的第六洞天。天台山的主峰又叫赤城山,土皆赤色,状似云霞,俨如雉堞,东晋孙绰在他的《游天台山赋》中所说"赤城霞起而建标"，指的就是此处。这些零零碎碎的知识全是从古书得来，我对父亲的事所知甚少，不知道他是否出生在自己的家乡，对他故乡的风物又了解多少。也许他很早就离开了，对历史地理所知有限，他跟上一代一般的中国人没什么两样，都是以漂泊"为业"的，那也就没什么可说的了。

父母都去世得早，使我跟我籍贯上的故乡没有联系的管道，不论父亲还是母亲，他们在故乡应该都有"根"可寻的，但他们没有为我留下任何线索。所以所谓籍贯，都是由父母留下的一点文字上的符号，对我，其实也没有什么其他的意义可言。不论鄞县，还是天台，这两个地方我都没去过，一方面也许真有点近乡情怯的因素，但有另一个理由，便是自己无论如何找也找不出什么理由要"回去"。我是必须回到我自己出生的溪流，在那儿生殖并且死亡的鲑鱼吗？何况我并不是出生在那里，我即使在脑盘的深处藏有归乡的磁力，那磁力也无法带我回去。

我现在想谈谈我真正出生的地方辰溪，对这个地方，我其实同样印象模糊。抗战的时候，政府把重要的兵工设备搬到偏僻的山区，辰溪是湘西的一个山城。只记得小时候母亲哄我，常说不乖的话要把我丢给老虎吃掉，那是一个山岳溪谷纵横的地方，是不是还有老虎不得而知，晚上常听到凄厉的叫声，也许是野猫或是其他猛兽吧，野猫也会偷袭婴孩的。大学的时候，我看过沈从文一些以湘西为背景的小说,其中几篇写的都是辰溪,那些故事我觉得都写得很好,由于是写我出生的地方,我便特别注意。有一篇名叫《五个军官与一个煤矿工人》的短篇小说,写的就是辰溪发生的故事,沈从文写辰溪的时候都会把"溪"字写成"谿",这两字是可以通用的,他写道:

> 辰谿县的位置,恰在两条河流的交汇处,小小石头城临水倚山,建立在河口滩脚崖壁上。河水深到三丈尚清可见底。河面长年来往着湘黔边境各种形体美丽的船只。山头为石灰岩,无论晴雨,皆可见到烧石灰人窑上飘扬的青烟与白烟。房屋多黑瓦白墙,接瓦连椽紧密如精巧图案。对河与小山城成犄角,上游是一个三角形小阜,阜上有修船造船的干坞与宽坪。位在下游一点,则为一个三角形黑色山嘴,濒河拔峰,山脚一面接受了沅水急流的冲刷,一面被麻阳河长流的淘洗,岩石玲珑透空。半山有个壮丽辉煌的庙宇,庙宇外岩石间且有成千大小不一的浮雕石佛。太平无事的日子,每逢佳节良辰,当地驻防长官、县知事、小乡绅及商会主席、税局头目,便乘小船过渡到那个庙宇里饮酒赋诗或玩牌下棋。在那个悬岩半空的庙里,可以眺望上行船的白帆,听下行船摇橹人唱歌。街市尽头下游便是一个长潭,名"斤丝潭",历来传说,

水深到放一斤丝线才能到底。两岸皆五色石壁,矗立如屏障一般。长潭中日夜必有成百只打鱼船,载满了黑色沉默的鱼鹰,浮在河面取鱼。小船沿流而渡,艰难处与美丽处实在可以平分。

这是极好的描写文字,而文中所描写的正是我出生的地方。照沈从文的写法,辰溪该是山明水秀、人杰地灵的,不料那儿好像没出什么人物,却是土匪强盗的集散地。他的这篇小说《五个军官与一个煤矿工人》就是描写一个煤矿工人造反成了土匪头子的故事。小说里面一个煤矿工人杀了一个兵,又抢了他的枪,就落草为寇了,后来身边聚集了越来越多的人,就成了土匪头子。至于他为什么要杀那个兵又为什么要落草,文章没交代,好像在那儿做个强盗,要杀人不眨眼是多么顺理成章的事。后来这个强盗被埋伏的官军捉到了,也就心甘情愿地乖乖就擒,虽然到死都还要了些手段,却也死得痛快。这强盗做任何事,好像都气定神闲又安时处顺的,即使是死了,也让任何一方都不觉遗憾。我喜欢沈从文对人物的描写,也喜欢他描写的那个洪荒单纯的草莽世界。

如果要我选择的话,我宁愿选择辰溪这个盗贼出没的地方作故乡,也不想选择浙江作我的故乡。浙江比起湘西来,文明荟萃得多了,聪明又会打扮自己,我喜欢简单,我认为洪荒也许不够精细，但比文明要多一种粗犷的美，也比文明简单又有力，而且有力得多。不料我在辰溪只待了三年多，在辰溪的时候我根本还不懂事，父亲在我不到四岁的时候死了，那时抗战刚胜利，父亲的兵工厂要"复员"到汉阳，我们一家必须随父亲的厂迁居。我约略记得，父亲的丧事办得很潦草，似乎找了隔山的一块地就匆匆埋了，墓碑是木制的，只用毛笔在上面写了几个大字。当然那种碑与坟，隔不久就会消失不见的。辰溪是我父亲的埋骨之处，我一度想回去祭扫，但浅浅的坟与木制的碑，还能祭扫得到吗？我再也没回过辰溪。

若瑟与马利亚

我母亲两次婚姻共生了十个子女,好像是七女三男,女的多过男的很多,但因为战乱奔波,只保住了五个,保住的五个之中只我一个是男孩。我父亲去世得早,家里几乎都是女人,我从小是在女性的环境里长大的。

母亲保住的孩子是我的大姐、二姐、三姐、我及妹妹。这组成分子看似简单,其实复杂,因为我的大姐与二姐是我母亲与她第一任丈夫生的,母亲第一任丈夫姓胡,据说这男人性格懦弱,也没什么事业,结婚几年,让母亲生了几个孩子就死了。那时母亲在上海,有人看母亲带着一群小孩可怜,便帮她介绍了一个同样是丧了偶的男人结婚,那男人便是我的父亲。我的父亲在前面的婚姻中也生了几个小孩,详细的我不清楚,只知道我有个名字叫志芳的哥哥，抗战时我在湘西辰溪出生时，他在重庆已结婚了，嫂子是一个圆脸戴眼镜的女人，那是我后来在二姐保存的照片簿中看到的。

由这条"线索"，我得以知道我这位从未谋面的哥哥比我至少大了二十岁。不仅如此，后来跟着我母亲的大姐、二姐也都大我十几岁，她俩被我母亲"拖油瓶"到周家后也跟着姓周了。大姐叫和生，但小时听母亲叫她，都叫她"生和"，用宁波话念成Sang-ngo，是"国语"没有的声音。我觉得她叫生和是对的，因为二姐叫彩和，姐妹名字后面都用同一个字很自然，但大姐身份证上写的是周和生，可能是报户口时弄错了，她也就这样默默地将就了一辈子。二姐虽叫彩和，但母亲叫她阿彩，宁波话把彩字念成ts'ei，不是"国语"的ts'ai。记得有一次，那时我还小，我看到二姐在她一条素面的手帕一角用丝线绣了一个绿色的"斐"字，是她自己绣的，我问她，她告诉我她以前叫"文斐"，我当时很高兴，因为她与我的名字里有两个相同的字。我长大才知道她以前叫"胡文斐"，其实只有一个字跟我相同，而且位置不同。至于我大姐以前姓胡的时候叫什么，我没有机会问她。

大姐的命很苦，她可能很早就结婚了，姐夫是什么样人，我当然一点都不知道，但推测她是在湖南结婚的，如果她嫁的不是当地人，就可能是在兵工厂服务的外省青年，那时我父亲也在那座西迁的兵工厂的印刷所做事。我出生的那年她十九岁，就在我出生的前后几天她也生了小孩，是个女孩，听大人叫那女孩"湘芬"，我不确定是不是这两个字。如果她比我大，便是说我出生时就是舅舅了，如果比我小，想也不会小多少。我出生的时候，母亲因身体不好没奶喂我，我还吃过大姐的奶，因为她当时年轻，奶水多，自己的孩子吃不完。这当然也是我长大后在大人那儿听来的。

大姐在生了湘芬不久，丈夫就死了。湘芬到底姓什么，我不知道，连带她父亲是怎么样的人，我也不知道，直到很久之后我长大成人，自己也成家之后曾问过大姐，她答得很含糊，是忘了呢或是不想再提，我不能确定。我们的父亲也去世了，不久抗战胜利，我们随父亲生前服务的兵工厂"复员"至武汉，到武汉后大姐就不跟我们住在一起了。她住哪儿，"大人"应该知道的，小孩不会问问题，小孩只想着玩，对周围生命的秩序没有什么特别的感觉。

一九四九年之前的某一个机会，或者就是一九四九年的春天吧，那时还在大陆，我终于听说大姐又结婚了，这次的姐夫是个空军军官，杭州人。有一天，好像那时我们暂住在衡阳，我从外面回家，看到家里有几根紫色皮的甘蔗，用绳子捆扎在一起，母亲说是大姐夫请人从广州带来的，才知道他们那时住在广州。我之前从来没看见过紫色皮的甘蔗,湖南以北的甘蔗全是黄绿色的,我很想尝尝,但没有能吃到,那几根稀奇的南方珍品,母亲都拿去送人了。后来到了台湾我才得以见到这位大姐夫,他叫黄林,那时他大约四十岁,但看起来不止这个年龄,头发微卷又微秃,满脸络腮胡,任他怎么刮也刮不干净的样子。

一九四九年底,我们刚到台湾,还没搬到宜兰,那时母亲与我们几个人都依附着二姐一起住,二姐是"陆军"军眷,我们住在中坜平镇郊外的一个名叫南势国民学校的礼堂里。应该是一九五〇年的春天,一天二姐突然得到音讯,说当时住在云林虎尾的大姐要临盆了,要母亲过去帮忙,母亲就赶赴虎尾,帮大姐接生。这次是个男孩,母亲与大姐都高兴,大姐夫为他取了个很有抱负的名字,叫作"兴亚",希望他以后有出息。但兴亚有个小名叫咪咪,为什么叫他咪咪,就弄不清楚了,也许生时啼叫像猫也说不定,后来叫惯了也不去考究了。我听大人说,我大姐夫黄林因获麟儿而当晚喝了大醉回家,一不小心摔到了稻田里,把身体弄得个兮脏。

我一生与这位姐夫其实没见过几次面。二姐夫说,黄林是个老实人,很少讲话,大姐以前也说过,黄林有事都往肚里吞,从不说出来。他在"空军"也没混好,好像一直待在基地的通讯部门,到死也还是个中尉。自从生了儿子后,大姐又生了三个女孩。

在我母亲去世的半年前，是寒假的时候，我在读第二次初二（我因留级，读了两次初二），二姐夫把咪咪从台南接来罗东玩（那时大姐一家已搬到台南了），听说黄林得肝病卧病在床，大姐要照顾他不能来。结果没几天突传噩耗，说大姐夫死了，只得再把咪咪送回奔丧。大姐的最后一个女孩是黄林死后才生的，是遗腹女。

此后大姐必须面对生活的考验。五十年代，军人的待遇十分微薄，姐夫死后眷属只有极少的抚恤金可拿，根本无法维持生活，而且拿了几年就断了。他们住在台南东门外的"空军"崇诲新村里，崇诲新村是个极大的眷村，至少住了好几百户人家，跟我们在罗东住的小眷村在"气势"上很不相同，但尉官眷舍也同样地狭隘。一直到六十年代中期，我都大学毕业了，在南部当兵，偶尔到她们家，还得上两条巷子之外的公共厕所，可见生活简窳的地步。

虽然辛苦，大姐仍把四个孩子一个不少地拉拔长大。自从姐夫死后，她为了供应几个孩子的生活与教育，不断设法挣钱。她曾到成功大学的教授家中帮佣，就在离她家不远的东宁路上，但帮佣要离开家，小孩就照顾不到，她后来不去了，在家里自营生活。幸好当时台湾的民生工业开始发展，许多小东西的装配都在民间的客厅里完成，包括机器里的小零件、玩具，最多的是服装上的配饰，譬如女孩用的腰带头，或有绣花装饰的牛仔裤口袋之类的。她们的工作不做腰带头,也不是在牛仔裤口袋上绣花,只是把腰带头不整齐的边磨平,或者把牛仔裤口袋上多余的线头剪掉,工作单调,只是不断重复,工资极为低廉,常常十件二十件才算一两毛钱。那些"货源"都是由中盘的包工来收送,约时取件,因为小本买卖,收取时银货两讫,绝不积欠。

后来大姐不知经哪个管道,知道了某些窍门,她买了一个金属的编织机,做比较独立的代工。那架编织机只要装上线,用手推着梭子左右运动,底下就可以织出一件件小衣裤了,据说这项工作赚钱较多。从此大姐客厅的手工业进入了机器化的时代,每次跟她谈话,她的手都在推着机器运动,发出"喀嚓喀嚓"单调又刺耳的响声,使得跟她谈话,不论说或听都有一点儿困难。她的儿子咪咪与几个女儿如果有空,也得帮忙做。

她编织最多的是一种极细极窄的女性内裤,市面上几乎看不到那种东西的。有几年,她们进的都是大红色的尼龙棉混纺线,家里常被那种绒线与成品堆得满坑满谷。一次我问为什么都是这种内裤,姐姐不肯告诉我,后来才知道那东西看起来像内裤其实不是内裤,是女人月经来时支撑月经棉的垫子,我们男人当然不知道啦。

逐渐增加的收入,让大姐笑逐颜开。姐夫死了十一二年后,大姐逐渐走出阴霾,我在台南附近当兵时,因为近,只要有空便去看她。姐姐生性善良，有苦自己吃，总把好处推给人家，她出生在上海，说话带着一点上海口音，后来作"空军"军眷，又混杂了些怯生生的四川话在里面，这是因为抗战时，"空军"的幼校、官校都内迁成都的缘故，她们那一代的人都这样的，南腔北调得厉害。大姐其实不善说话也不喜欢说话，有时跟她相处半日也听不到她讲一句，她根本没有"饶舌"的本事，因此也没有一般眷村妇女那种好串门子揭人隐私的坏习气。与她相处得好的人，对她的态度总是亲切之中带有尊重。以古时的标准，大姐有极好的"妇德"，这种品德是来自天然的，是她特殊的禀赋，并不是得之于教育。

大姐没受过什么教育，她是母亲最早的孩子，当时生活艰困，就没给这个长女以受教育的机会，何况我母亲本身也没受过教育，是个大字不识的传统女性，大姐的生命历程有点像母亲的翻版。她与母亲不同的是宗教信仰，母亲信的是佛教，她信的是天主教。

我小时家中物力维艰，生活窘迫，母亲虽号称是虔诚的佛教徒，家里没有佛堂，也无礼佛的机会，当时忙三餐都来不及，我也没有陪母亲朝山进香的经验，而母亲常用佛教的处世观教育我们，譬如善有善报、恶有恶报之类的，也常用地狱里的上刀山下油锅等恐怖图像来吓唬我们。佛教徒还相信"前世"与"来世"，这一点对受苦的人很重要。有了"前世"的观念,世上不合理的事都能解释了,一切既是前世种下的因,不会为了太多不平的事而愤慨烦恼;有了"来世"这信念,就不会以目前的受苦为苦了,因为他相信下辈子会变好。

大姐信天主教,是因"地利"之便而信的。崇海新村旁有座天主堂,堂里的神父原本有外国人也有中国人,后来不知什么原因,里面的神父都是中国人了。那座天主教堂可以说"通俗"得厉害,在我看来不太像外国的教堂,倒像民间社区的活动中心,除了弥撒时有点天主教特殊的气息之外,这个天主堂跟中国民间的庙宇祠堂并没有太大的不同。尤其在于斌做枢机主教的时候,他向梵蒂冈教廷争取到在中国的天主教会可以祭祖,自己在每年春节率领众主教与神职人员在台北举行盛大的祭祖仪式,此后教堂后背的墙上就都高悬着"中华民族历代祖宗之神位"了,信徒在膜拜天主与教内的诸圣之后,也可以朝中国的祖宗鞠躬行礼,而且弥撒礼拜都改用"国语",无形中加深了天主教的亲和力,也加强了在外省族群的影响力。我看整个崇海新村几乎有一半以上的家庭都信了天主教。

宗教让姐姐有了寄托,她一有空就往天主教堂跑,别人也许到那儿应酬交际,她是到那儿祈祷的。有一段时候,她几乎天天告解,还去参加神父不为群众所做的弥撒,她以虔诚来追求安适。

她一生紧张，似乎从来没有过过舒泰安适的生活，我想大部分是生活上的困顿带给她的，包括两任丈夫的死亡，还有夹在两次死亡之间的奔逃。有一次在台南，我当兵休假，到她家看她，那天她忙了一天，晚上孩子都睡了，晚饭后还在昏暗的灯下编织不休，现在也累了，我陪她有一句没一句地说话。我记得她有次奇怪地停下机来，深深地看了我一眼，她叫了一声我的名字，然后悠悠地说："不知道怎么的，最近老想到以前的事。"我本来想问她想到的是什么事，但我没有问。她只在跟我说话之前看了我一眼，直到跟我说完话之后都没再看我，她的眼光停在黑暗的半空中，在暗淡的灯光下，她面色凝肃。我才知道人在回忆的时候，可以庄严得像神明一样。

　　她也许在想我们的母亲、她的父亲，也可能是她两任已过世的丈夫，当然也许在想她的第一个孩子湘芬。湘芬跟我同年，后来不论存亡，总有个所在的地方，但我却从来没听她提起过，我也不敢问，怕引起她的伤心事。以前母亲在时，也没听母亲说过，二姐、三姐也忘了大姐有这个孩子似的，可是我想在大姐心中，一定深藏着这个孩子。她望了望墙上挂着的"苦像"，天主教徒把钉在十字架上头戴荆棘冠的耶稣叫作苦像，苦像下方一个简陋的衣柜，上面放着一尊白玉泛绿光的圣母塑像，站姿的圣母闭目合十，似在祈祷。大姐有次说那座圣母像晚上会发光，灯熄了后看得更清楚。她没告诉我当她晚上醒来,是不是凭借那一尊发光的圣像而让自己平静。她没有受过良好的教育,她没有能力面对也不会处理生活上的困顿,幸亏有宗教,有圣母与耶稣给她庇佑,或者在她完全不能抵御的时刻,让她有地方躲藏。

对这个于我有母亲意义的大姐,我很惭愧没有做过什么"反馈"她的事。她曾在我还是婴儿的时候照顾过我,喂我吃她的奶,我后来却没有真正帮助过她。当然有几次过年,我曾寄一些钱给她,要她买些东西,她过生日的时候,我总记得要送她些礼物,都是很零碎的。我好像没有给过她什么值钱的又"大"的东西,这一方面是我早年没有能力,后来有能力了,她却几乎不曾提出过任何需索,我真的不知道她要什么,每次问她,她总说有了有了,我们的物质生活其实已经没有太大的匮乏。直到后来我老了,而她更老了,每次相见,心里有话,却不知道该从哪里说起。

二〇〇七年十一月中的某一天,我在台北的家中接到大姐儿子咪咪的电话,咪咪后来克绍箕裘地参加了"空军",打电话给我时他已退伍了。他说他母亲不知到哪儿去了,问她有没有来台北找我们。我说没有,便打电话到二姐家,那时二姐与二姐夫都过世了,几个外甥都说没有,打电话给三姐,她与妹妹也说没有。几天前我岳母去世,家里正忙成一团。快到黄昏的时候咪咪又打电话来,用哭泣的声音说他母亲找到了,是在台南安平港里找到的，我连问详情，他说他母亲淹死了。他说他母亲最近神情不宁，早上买菜出去就没回，临走也不记得她说过什么，想不到晚上就浮尸海上。最好的解释是大姐为了散心，到海边走走，不慎落海。

但大姐不可能到海边去散步，安平虽然距离台南不远，要她去一趟也并不容易。我后来知道她为她的健康而担忧，她发现自己越来越不行了，而二姐在死前的失智更让她惶惶不安，种种迹象显示，她怕自己也终将如此。知道她的死讯后，我整个晚上无法入睡，不幸笼罩在我周围，但我想我必须清醒，这攸关大姐的最后行程，假如是她自己要走的，我们也要让她走得安心。我要咪咪不要把他母亲的死渲染太过，万一人家问起，就说母亲死于心脏病，因为我知道大姐如果是自杀，将不见容于她的宗教，在天主教的教义中，自杀是一项无法被宽赦的罪行。假如她犯了这个罪，神职人员不得为她的遗体做涂油圣事，更是不可让她在天主堂里做丧礼弥撒的。

还好她的宗教包容了她，虽然她的死因还有谜团，但她所属的天主堂仍然把她的丧事办得圆满，她也得以埋葬在天主教专属的墓园中。记得丧礼完了，主持弥撒的神父、众信徒与她的友朋挤到我身边，都说弥撒做得圣洁又安详，他们说这是几年内圣堂举行的丧礼中来人最多的一次，证明我大姐的人缘好。

我与她的孩子们把她送到火葬场，那天没什么亡故的人，火葬的事一下子就处理完毕。捡骨师在我们面前把她大部分已化为灰烬的遗骨谨慎装罐，他摸出一个像以前人所戴的怀表的金属圈圈，被火烧得有些扭曲，捡骨师问她的孩子是什么，大家摇头，我知道，那是她八十一岁那年装的心律调整器。她晚年被心律不齐的毛病所苦，所以装上了它，但装了心律调整器之后，就不能做太激烈的运动了，因为心脏的跳动被限制在某个范围之内，她深感不便，她是劳苦惯了的。她第一次告诉我自己老了，我说阿姐，别说你老了，我也都老了呢。我不会说浙江话，但我们家人都习惯以浙江话叫她，浙江话把姐姐叫成阿姐，读成像"阿嫁"的声音。她死前半年，二姐死了，二姐死前五六年已丧失了智能，变得像一个孩子，这个在我们一家中最为冰雪聪明的人，最后结局竟是如此不堪，一定让大姐心生畏惧。她没跟我们说，表现得也一切如常，但也许很早就决定要怎么处理她自己了。

　　天主教墓地在台南市郊不远处，我们把她的遗骨送到那儿。灵骨墓穴早已备好，只等把她的骨灰坛放进去封起来就成了。距离她墓穴位置有五十米远的地方，是她丈夫黄林的埋骨之所。已经是十一月底了，天气仍热得像盛暑，墓园中一点风都没有，不时有蚊虫叮咬，疲惫冲淡了虔敬，气氛有点浮躁，虽然克制，但大家说话都带着火气。大姐的一个女婿向咪咪抱怨，说不能把妈妈靠得跟爸爸更近些吗？事实上大家都知道，黄林墓的左右早就没有空位了。按天主教的规矩,信徒都有一个《圣经》里的圣名,他们把死者的圣名刻在有十字架的墓碑上,姐夫黄林叫若瑟,大姐叫马利亚。虽然在《圣经》里,若瑟与马利亚就该是夫妇,但我这位圣名叫马利亚的大姐注定不能葬在与她丈夫若瑟更近的地方,因为若瑟已经早她死了五十年了。

安 平

作为地名,这是多么好的名字!安平就是平安,谁不希望凡事顺遂,至少在人生的道路上一路平安。这地方是台南的外港,从鹿耳门出去,就是汪洋一片的台湾海峡了。是明朝或是元朝,或是更早的宋朝吧,大陆人要到当时还叫夷洲或蓬莱的台湾岛来,必须渡过一路风波不断的海峡,其中包括澎湖附近的一条凶险异常的黑水沟。据说连鱼都不愿随便经过那条充满漩涡的水域,即使是无风无浪的大白天,船走到那个地方,也会突然碰上地动山摇的恶劣天气,硬要将你倾樯摧楫,但只要挺得过去,不久就可以到达台南的外海,那里的海面就一片波平浪静了。渡过险巇的人走到最初能靠岸的地方,就把这个地方取名叫安平,那是大陆人在历史上最早接触台湾的地方。

想不到我大姐一生的最后几分钟，是在安平度过的。她很少出门，安平距离台南不到半小时的车程，她也很少去那里。记得以前咪咪还小，她随他们幼儿园或小学的远足队来过安平附近的"亿载金城"，后来也跟眷村的贺妈妈与梁妈妈来过，到底为什么来的，她已经不复记忆。"亿载金城"是中国人登陆台湾后修建的第一个有防御性的城门，是用福建运来的红砖砌成的。这两次大姐的注意力不是放在孩子身上就是在其他事上，风景倒没怎么细看。此后她再也没来过。

她一定怀着恐惧与极度的不安，才会选择这条路，但当她下定决心后便不动声色，她很满意没有人发现破绽。一早咪咪与媳妇月足的三个孩子——两男一女——都到学校上学去了，老大在高雄读专科学校，老幺孙女还在读中学，老二是三个孩子中最会读书的一个，在南一中读高三，明年要考大学了，应该考得上的，差别只在考上公立还是私立的。她那天与咪咪商量，就算考上私立的也读得起，咪咪中校退伍，终身俸连优利存款，每个月有五六万块钱可拿，再加上月足每天到成衣工厂做领班，一个月至少有两三万。咪咪刚丢了在他们住的大厦地下室管车库的工作，那工作丢了并不可惜，收入只一点点，他是贪图上班近再加上退休后没事可干才去做的。

她在土地银行还有笔存款，虽然不是吓死人的数目，但支持一个孩子读完大学没有问题。这笔钱是以前做零工、编织衣裤贴补家用剩下来的，几十年的工夫，也累积成一个数字了。她在子女儿孙身上，可以说没什么遗憾的了，她的儿孙虽不是最杰出的人，但都懂礼守法，在家里都孝顺她。三个女儿也都结婚成家，老幺季英婚结得晚，至今没怀孩子，在服务了二十年的天主教幼儿园继续担任老师，女婿在台北工作，女婿不在的时候季英多数住在家里，她的理由是省得煮饭，其实是放心不下母亲。

她最大的困惑与压力来自她的身体，她已经过了八十四岁了，在整个家族来说，是活得最久的人了。她的生父，死的时候几岁她已记不得，大约还没有四十岁，母亲第二次婚姻的丈夫，也就是她的继父，也没活到够老，死的时候才四十六岁。母亲死于一九五七年，也不过五十四岁罢了。她的两个丈夫也都没达到一般的寿命，第一个是湘芬的爸爸，她已不太记得他的模样了，死的时候才二十几岁，那时候还在湘西；第二个丈夫黄林死在台南，死时也才四十几岁。她一生在亲人不断死亡的阴影中度过，对那事并不陌生，死了就是断了气，平平直直地躺在床上，任人怎么处理自己也不知道了。她对死亡一点也不害怕，何况她已是这么高寿。

她走到安平渔港的时候，正是上午十点左右，太阳白花花地在天空照着，早晨刚上车时还有一点阴凉的感觉，现在已经完全消失了，一点没有已是十一月的味道。这很好，空气已热到接近体温，海水也是暖的，等下碰到海水，就不会太不舒服了，她想。她记得今年五月的某一天，她在家里接到元元的电话，元元是她大妹也是我二姐的大儿子，元元说他妈妈死了，她在电话这边无意识地说了声："什么，阿彩死了？"她听元元在那里细说他母亲最后一段的状况，一句话也没再说。元元说了一阵，发现电话那头没有回应，不断问："大姨妈，您还好吗？"她后来把电话交给咪咪接，自己在旁边的沙发上坐下。她听到自己心脏的声音，噔噔噔有规则地跳着，没有特别快也没特别慢，这是因为两年多前她装了心律调整器的缘故。

装了心律调整器是因为自己有心律不齐的毛病，几次莫名其妙地像是心要从胸腔跳出来似的，尤其心脏在猛跳之前总有几拍会停下来，这几秒钟没有心跳的时刻，使她意识到自己也许要死了。她在医生的建议下装了心律调整器，装上后心脏就不会乱跳了，开始觉得很好，但久了后才知道有问题。她老是觉得呼吸不够，原本身上用不完的力气不知道跑到哪儿去了，走几步就会累，只想坐下来休息。她知道是因为自己已上了年纪，但没装之前也不是这个样子的呀。

她想起阿彩，这个比自己小五整岁的同父同母的妹妹，一生要比自己如意许多。阿彩读了很多书，自己则不识字，母亲从来不重视自己，要自己跟在旁边，大人打牌的时候，在牌桌边递烟送茶的。她很"安分"，一生从未想过自己可能会更好。她后来信了天主教，神父在讲道的时候屡次说不是自己的就不要去想它，天主在天上早已把各人该得的分配好了，是你的不求也是你的，不是你的求也求不到。何况在教义中，我们一生只是个品德的试炼场，依顺天主的有福了，因为在另外一个世界，天主会加倍给赏。

阿彩确是比自己聪明，她记得阿彩在到达学龄的时候，"阿爸"说阿彩该送到学校去上学了，而自己早已错过了入学的年龄。她一点都没有嫉妒，只是有点艳羡，就像丑女孩对别人穿新衣也会羡慕一样，但她确定那些不是自己该得的。她说的阿爸是我的父亲，是母亲的第二任丈夫，也是她的继父。她的继父对她妹妹情有独钟，认为妹妹是个人才，值得培植，相对而言，在阿爸的眼中，自己可能什么也不是。她的继父对她并不坏，但她发现继父很少用正眼看她，尤其妹妹在场的时候。

心律调整器装了后，让她行动受到约束，以往急切的事，现在不得不放慢了，她是个心急的人。由于外在的行动变慢，她惊讶她内心的活动却变得频繁又细琐了起来，以前从未想到的事，现在会自动来"找"她，一些平时不会怀疑的事，她开始细思从头,发现自己以前想的有所遗漏。

她想起她一生的第一个孩子湘芬,那个女孩如果在应该也有六十好几了,也该做祖母了。她已记不太清楚湘芬是怎么没有跟在自己身边的,可能是湘芬的父亲死了之后,她父亲的家人硬把她抢走了。湘芬父亲原来是阿爸兵工厂的工人,也是随兵工厂从外省过来的,湘芬父亲死后不久阿爸也死了,当时抗战刚胜利,阿爸的兵工厂忙着到武汉"复员",娘家也乱成一团,当然没人来管她的事,更没有人来帮她主持公道,她只得眼睁睁地看人家把湘芬从自己的手中夺走。那时候乱,一切事都闹哄哄的,要记也记不清楚,或许是自己后来刻意不去想它,想了徒增痛苦,久了也就忘了。

她有一点高兴,要记得的、要忘掉的,马上都要一笔勾销地不用她再去费神了,她也不需要去担心什么,至少她在死亡之前还耳聪目明,脑筋还能思想,也完全知道自己要做什么。她一辈子事事不如阿彩,但在这一点上面,她无疑是胜过阿彩了。

她记起的人与事,以过去了的居多,尤其阿彩死了之后,那些回忆便盘踞在心里。她觉得有点不祥,有一个晚上,她问她心中的天主说,这是不是表示她也行将过去?她看不见天主,但好像听见天主说,是的。

晚上灯都熄了,这几年小女儿季英常回来陪她睡,季英是四个孩子中最小的，大家都叫她阿季妹妹，她听阿季妹妹的鼻息均匀，这时那座在五斗柜上的圣母像发着绿色的幽光。有另外一个声音，不是发自天主，却也是从天国传来的，这点她可以确定，天国的声音说：快点过来天国与他们团聚吧。她那时觉得对现实还有些不舍，她有几个孙子，却还没一个读大学的，但她突然又觉得自己无聊，在天主堂听了一辈子神父讲的"道理"，难道不知道帝王将相显赫一世，到头来还不是都要死的？

　　她记得阿彩死前五年，就得了家乡老人说的"失心疯"，每天管不住，只想往外面跑，而所有往外跑的目的只有一个，到罗东去找姆妈，说姆妈烧好饭了等她下班回家去吃。不要说姆妈早死了几十年了，她自己都也有二十几年没上班了。还好后来跌断了腿，人不能跑了，有一次见到了，竟然连她这个阿姐也完全不认得了。她只得逗阿彩说：阿彩你越来越像个小孩啦。阿彩坐在有扶手的藤椅上对着她傻笑，她女儿梦兰忙拿卫生纸把她嘴角流下的口水擦掉。

　　有一天神父不知道引用《圣经》的哪一段话，说我们要用最好的方式去见天主，他说最好的方式是我们在见天主的时候，要有个耳聪目明的身体，千万不要让自己弄得五体不全的。因为耳聪目明才能分辨善恶，才知道天堂与地狱之分。当然神父所说应该另有所指，但她随即想到，假如像阿彩一样得了失智症,她在走向天国之际,要是分辨不出方向了该怎么办?她信了一辈子的天主教了,老实说对天国还是不怎么了解,天国之路上会有人来引导吗?假如像鬼打墙一般,转了几辈子都转不出去又该怎么办?

她现在走在路上,还不至于走不出去。当她下定了决心,反而觉得自己前面一片光亮,原本笼罩在四周的阴霾一下子都不见了。昨晚她把一生的储蓄——三本银行的存折——都放到五斗柜最上面左边的抽屉里,提钱的印章也放在旁边,密码是家里电话的最后几码,大家都知道的。这是活期存款,几笔定存,她已经在到期的时候分别用咪咪、阿季的名字转存好了,她有点敬佩自己的老谋深算。她听到她心脏发出的砰砰声音,装了心律调整器之后,心跳的声音更像时钟,没有快慢,她即使激动或悲伤,心跳也是一样的,这也使得她在想任何事的时候不再激动也不再悲伤。

时钟滴答,仿佛告诉她生命该在什么时刻结束。早上十点左右的安平港,几乎没有一个人,阳光很强,有一点点风,吹到身上是热的。她在港边的一角轻轻一跃,就落入水里。旁边停了几艘小船,在很小的波浪上晃荡。水很暖,接近体温,唯一不舒服的是又腥又咸的海水从她鼻与口灌入,她知道只要忍耐,这阵痛苦很快就可以过去的。只几分钟,她的一生在脑中重过了一次,前面有光，几个人影分不太出来，好像有自己的母亲，有黄林也有阿彩。等了很久，一切终于平静了，她最后听到的，是装在她胸腔的心律调整器所发出的声音，那是电池发动的，心脏已完全不动了，它还像时钟一样在跳动不绝。

二 姐

我在《同学少年》书中有一篇《花样的年华》记我二姐,所以提起我的二姐就不要重复说了,只谈谈那篇文章之外的事。

二姐叫彩和,母亲叫她阿彩,姐夫也跟着叫,都用浙江话 A-ts'ei 来叫她。她与大姐的名字中都有和字,而她以下三姐妹的名字都以彩字起头,分别是彩和、彩华与彩平,所以光从她名字看,就有上下通吃的意味。

二姐是一个外形靓丽又有知识的女性,这一点当然是比较而言,她与大她五岁的大姐完全不同,大姐没受过正式教育,不会也不喜欢说话,而二姐却会说又喜欢说话,有时还滔滔不绝、喋喋不休。我们姐弟五人,大多内向,唯独她天生外向,她喜欢与别人扯关系,喜欢加入团体,譬如她很看重同乡、同事、同学等的人事组织，有活动她一定参加，一看人家是乌合之众还想去领导人家、启迪人家，她的行为偶尔让人觉得有卖弄的成分，当然很多地方是她自以为是。她也比我们坚强，遇到挫折或打击，不像我们容易被击倒，她会很快地站起来，有时候还晓得朝攻击她的人反击，而且出手不轻。她年轻时还没有"女强人"的称谓，如果有，非她莫属。

但强中自有强中手，她在家虽然独霸一方，出去也不见得处处如意，还是有鼻青脸肿的时候，但她好胜好强，从不与我们说。

二姐的最高学历，登记的是湖南船山中学高中部肄业。我曾问她船山中学在哪里，学校状况如何，这个好奇心是缘于我高中的时候知道了明末清初有个了不起的学者王夫之，他在湖南一个名叫石船山的地方隐居著书立说，后人就叫他王船山了。一个学校取名船山，当然是与王船山这个人有关，但二姐当时不是搪塞而过，就是语焉不详。小时母亲与我及三姐、小妹住在武昌，当时二姐在汉口读"二女师"，这"二女师"的全名该是湖北省立女子第二师范学校或是汉口市立女子第二师范学校，学校名称究竟是什么我并不清楚，但她读过那叫"二女师"的学校是再明确不过的。以前师范学校相当于高中，她就算没读毕业，写汉口的"二女师"肄业即可，为什么要写一个她语焉不详的学校呢？后来我大学毕业才知道，民国三十七年武汉失守的时候，她根本来不及办停学的手续,整个中国都兵荒马乱的,是没有人会发你肄业证书的。她后来到台湾,为了谋职必须要学历,就凭关系拿了一张盖有关防的"船山中学"证书,也不知道是从哪里弄来的,那张钢板油印的证书制作得十分潦草,当然是假造的啦。

这张文凭的真实性虽然可议,但她是真的读过高中的,这个学历在眷区里是很少见的。不要说是眷区,甚至在那时的罗东乡下,也很少妇女有这么高的教育水平,她喜欢领导别人,一部分原因在此。

我刚读初中的时候,不知道什么原因,她竟然跑去竞选小镇的镇民代表,而且还当选了。她之所以当选,一部分要拜"选举法"上有妇女保障名额之赐,但一部分也是因为她有企图心又有"爆发力"的缘故。我记得她当选时,家的附近都给祝贺的红纸"包"住了,到处都是"祝赵周代表高票当选"的标语,家门口贴不完,还贴到别人家去,因为是喜事,别人也不拒绝。她参选时是在她的名字前冠着夫姓的。她后来的"政绩"我不很清楚,但一度戮力奉公倒是真的。

她最轰动的一件"政治事件"是她成功地阻止了"军中乐园"在我们镇上设立,所谓军中乐园就是军中妓院。罗东有驻军,也有属于军队体系的联勤被服厂,"国防部"有意帮官兵解决他们的生物本能问题,所以在某些通都大邑或军营集中之处,有乐园的设立。与我们眷区一水之隔,就是罗东的"风化区","风化区"其实叫错了,正式名字该是"妨碍风化区",里面公娼、暗娼、茶室、酒家林立。本着"同明相照,同类相求"的原则,"国防部"也有意将乐园设立于此附近,当然也得征求地方政府的同意。这件事让原本意志涣散、精神萧索的眷区很快团结起来,大家义愤填膺地盼我二姐在镇民代表会上设法阻止,因为这案子如果通过,眷区生活将永无宁日,子女的教育也势必受到影响。

二姐在代表会上先展开"游说",但当时地方的民意代表多与地方势力结合,其实多是大家所诟病的"猪仔议员""猪仔代表",那些人在你面前虚与委蛇地表示愿意配合,背后都以繁荣地方为名大表赞成。后来按程序要表决,二姐一看满场都是口是心非的男性代表,如果表决非通过不成。情急之下,她使出绝招,一个人抛资料扔书本,连爬带翻地挡到主席台前面,又哭又闹地说主席要裁定表决的话,她不惜血溅议场当场自杀。代表会从未见此场面,搞到议场一片大乱,主席只得裁示暂停表决。另一方面,二姐又带着几个眷区的"高层",星夜赶赴台北主管业务者前面陈述"舆情",把"国防部"一时弄得丈二和尚摸不着头脑,也答应撤案缓议,阻止乐园成立的事算是大功告成。

她一个人大闹议场的活动,比后来朱高正爬上"立法院"主席台要早了二十几年,台湾地方自治史上应该记上这一笔才对。

当时的罗东镇民代表会主席名叫洪阿碰,据说后来谈起这件事还会惊叹地说不可思议,用闽南语连说他对这个"外省赤查某"(外省凶女人)没办法。

二姐在联勤被服厂做雇员,这才是她的"本业",镇民代表只是业余的兼职。以她的才干,她应该跟地方民意代表一般地寻求连任,连任几届后设法更上层楼,竞选"县议员",最后也许"省议员""立法委员"地干到民意代表的最高层,但她在一任结束依例寻求连任失败后,便放弃了。原因一方面是她知道自己是一个相对孤立无援的外省女子,要想在本土气息极重的男性社会立足本来就困难重重,再加上她连续生了五个孩子,让她忙得无暇他顾,她不得不离开"政坛",虽然有点可惜,但确实不得已。

她在被服厂最早的工作,是教全厂员工唱军歌。当时军方、厂方提倡政治教育,政治教育中有一环是军歌教唱,后来政治教育的方向有些改变,军歌的比重越来越减轻,她就由军歌教唱者摇身一变成为该厂政治处的雇员了,仍然负责厂方的各项活动,包括文康娱乐等。她的工作"巅峰"是她指导及训练厂方的一个大型歌舞节目到台北演出,好像是参加各军种的"祝寿文艺大会"。为了彰显联勤负责军队的后勤补给,又呈现被服厂的特色,她编了一套《我为战士缝衣裳》的团体舞蹈,歌词是谁写的我已忘了,音乐是由当时极负盛名的作曲家李中和作的,歌词中有这

样的句子:

> 我为我们的战士裁衣裳呀
> 冬天温暖,
> 夏天凉又凉哟

> 我为我们的战士缝衣裳呀
> 冬天温暖,
> 夏天凉又凉哟

后面不断重复,连续"裁呀、裁呀、裁呀""缝呀、缝呀、缝呀"的。这首歌原为被服厂表演而作,但节目一经他们演出,便形成风尚,使得《我为战士缝衣裳》这个群舞成为流行,成为很多女子学校的大型表演节目。当时还没电视,但偶尔在广播中会听到别人演出的消息,有一次二姐跟我们说:"这首歌是李中和为我而写的呀!"言下有些愤愤不平。

我在读初中的时候因为不用功,弄到留级的局面,对我而言,确实是奇耻大辱,不巧我母亲病重,家人对我的处境无暇瞻顾,我也因此逃过一劫。第二年母亲死了,我们已够残破的家似乎更为分崩离析了。母亲在时,二姐已有三个孩子,那时她要以有限的眷粮，养活我们所有人确实是困难的事，因为母亲、我及三姐与妹妹都是"旁系亲属"，是不享任何军眷的配给及优惠的，当时所配的房舍极为狭隘，新生命连续到来，连他们一家都住不下了，我们只得靠找空地搭违建来安身。母亲死了，似乎让我们家庭进入一个考验的关口，要其中的人思考以后怎么办。我跟我的妹妹还小，自然不能决定，而我的三姐便毅然决定离开罗东，到台北去闯天下。她先是应征到台北附近的财务经理学校当临时雇员，那学校在中和乡一个叫作积穗的地方，据说经常涨水，也是属于联勤总部的，是个军事单位。

二姐看我成绩一团糟，发现我是个不堪造就的人，加上家中食指浩繁，姐夫与她都有意要我快快离开这个家。我初中毕业，他们跟在台北的路家联络，路家的主人路老先生他们称路伯伯，当时还在"空军"服务，是我二姐夫浙江富阳的同乡。当年在汉口，姐姐就是在他们家与姐夫认识，不久成就了这份姻缘，在台湾，路家成了他们的乡谊至亲，有事会找他们商量。二姐在路伯伯那儿听说"空军"幼校在招生，便怂恿我去报名。我赶到台北的时候已过了报名的期限，路伯伯凭关系走后门让我补办了报名手续，亲自带我到云和街的一个"空军"体检中心去做体检。想不到我在第一关视力项目上就被刷下来了，不要说参加考试，连后面的体检也无须继续做啦。

后来我才知道"空军"幼校是训练学生将来进入"空军"官校去作飞行员的，所以体能标准定得特别高。我郁郁不得志地回到家里，又报名参加台北师范学校的招生考试，当时师范生享受公费，毕业后可以在小学教书，连带职业也解决了。但师范极不好考，因为考生实在太多，台湾那时候穷得厉害，大家都图省钱或不用花钱的教育，我虽然自觉考得可以，还是铩羽而归。我的境遇极为不堪，我以前几名的名次考上罗东中学的高中部，但我一点都没有欣喜之情，我比同龄的同学更早懂得无可奈何及哀伤。

我与妹妹虽依靠这个家的庇荫，而这个家事实上也缺少不了我们这廉价的帮手，这点二姐也觉察出来了。妹妹也比同龄的小女孩懂事，读初中之后就会了各种家务手艺，放学后洗菜、淘米不须人叫，姐姐回来不久晚饭已经上桌了。而家里所有粗重的活计，几乎全落在我身上，我读初中时，家里还没有自来水，用水得到附近水井去提，补给单位每个月会来发放燃煤，燃煤都装在简陋的草袋里，每块比砖头还大，使用前须用开山刀或铁锤敲成小块，这提水、劈煤的事便自然落在我头上。

我早年又从钉鸡笼入手，训练出一种特殊的木工手艺，罗东多台风，房屋经常受损，需要我这种"人才"登屋修理。我高中的时候，曾把家前面本来用来养鸡的一块小空地搭建起一栋木构的违章建筑，从搭房架到屋顶铺油毛毡、外墙钉鱼鳞板全自己动手，门框、门板自制，窗框也由自己做，而上面的推窗是捡来的，我还储备了几片上次台风过后人家废弃的玻璃，有的厚有的薄，色泽也不相同，我拿到玻璃店请人裁好，把它们钉在推窗上，裁玻璃是要给钱的，但总比买要便宜。这栋房子原本要自住，想不到刚落成不久就有人来问可否租给他，姐姐贪图收益，要我搬到一户人家不用的厨房暂住，便把屋子租出去了。那栋违建到我大学毕业后还有人在租用，只不过把原本的塑胶瓦换成了石棉瓦，有一次我指给我新婚的妻子说那是我的作品，她连呼不可信。

二姐的前两个孩子是男孩，姐姐实在太忙了，两个男孩做功课乃至游戏都得由我来带。我虽寄居于此，但有时也自觉是这个家生存环节中不可少的部分，有这个想法很好，它让我不至于事事抬不起头来，有理由在这里继续住下去。

但二姐在我读高中的时候情绪很坏，姐夫比她大十二岁，她怕他，不敢找他发泄，再加上姐夫是军人，驻守外岛时半年才回来一次，孩子又小，总不好找他们发脾气，她只要有什么不顺心，常把怨气与恨意发在我身上。她也许在外头受到挫折，或者身体遭遇什么莫名的病痛，没人知道是什么，甚至于她自己也不明白，有一阵子，她轻视又敌视我，不断给我难堪。我已记不得她是什么时候开始打我了，之后就经常骂我、打我。她打我时常会甩我耳光，有时还拿竹竿、木棍等敲我。有一次她朝我扔过来一张竹制的椅子，碰到我时椅子碎裂开来，弄得四周一片狼藉。又一次她拿起一把木制的高脚凳往我身上扔，幸亏我避开了，但凳子的侧面还是碰到了我，使我胸膛受了很重的伤，一直到现在，空气潮湿或呼吸不顺时，会觉得肺叶的最深处在隐隐作痛。

  我不愿计较它，有一部分的原因在我，这是我知道的。我一定也犯了错，我的错多数是倔强，但一个孩子的倔强需要受这么大的责罚吗？当时的态势让我拒绝妥协，即使有错也不认错，我把她给我的责罚当成不公平的侮辱。要命的是我那时读了一些西方的书，还有旧俄时代陀思妥耶夫斯基的几本小说，那些书里面告诉我面对侮辱的自处之道。我没有宗教信仰，却有宗教的精神，而我的宗教精神，又莫名其妙地集中在宗教之士殉教时的态度上。我不但没向她屈服，反而以更高傲的眼神面对她，我也许没有上帝可输诚，却有我自认的"真理"为后盾。我对自己的冤屈不加申辩，对姐姐给我的羞辱不加理会，甚至加以鄙视，像宗教革命家杨·胡斯面对宗教裁判时的沉默，像圣女贞德面对放火烧她的人一样姿态高傲，她势必被我的眼神与无言激怒，终于弄得不可收拾。

  往往是一件突如其来的事阻止了苦难，譬如村子那头传出火警，或者有人在叫："赵太太，你家的中中跌倒在沟里，把皮都摔破了!"我们奔赴灾祸现场,我与她的僵局才告结束。

我在读高中时,一度与二姐、姐夫的关系很紧张。我曾经学会躲藏,反正我住在离姐姐家好几间远的房子里,那里原本住着的眷属,好像不打算搬回来了,但家具还没全搬走,都集中在前面的卧室与客厅里。姐姐与他们商量,让我住在他们后面的厨房,"有人住总比没人住要好,至少不太会闹老鼠"。这是他们的结论,他们的厨具已搬空,只剩下一个简陋的碗橱,在那儿放张竹床就算我的安顿之所了。姐姐不久也调整了职务,厂方要她担任新成立的托儿所主任,托儿所就在后来停办了的子弟小学旧址,新的工作也让她忙得很少见得到我。

我高中的生活,在时而饥饿时而饱餐的状况下度过,这一方面指的是我的物质生活,另一方面也指的是我的精神生活。我有时几餐没吃,姐姐与姐夫并不知道,他们以为我在学校参加活动,其实我在我自己住的地方。我有时趁大家都不在,到厨房弄些吃的,当然我会吃得很饱,那可以支撑后面几顿不吃,之所以如此,只是为了不要与家人见面。我有点喜欢肚子空的感觉,仿佛看贾科梅蒂的人物雕塑一般,单薄与瘦弱更让我意识到人存在的某些意涵,偶尔的饥饿使人更透明地看到人与人的关系,里面有些优美,更多的是荒谬,而克尔凯郭尔说,荒谬是存在的现实。那段时候,我发狂地阅读,在书海中寻找跟我同样遭遇的人,结果我找到了，那人在几百年甚至几千年之前，空间的距离呢，则在几千几万里之外。我读到唐代诗人陈子昂的诗，诗中说："前不见古人，后不见来者，念天地之悠悠，独怆然而涕下。"不禁悲从中来。我听到眷舍远处一家收音机里播着一首老掉牙的"国语"歌，是女歌手周璇唱的，歌词是："你就是远得像星，你就是小得像萤，我总能得到一点光明。"一时之间，我几乎号啕出来。

我读大学之后便搬离罗东，正式与这个与我关系深远密切的家庭告别。二姐待我不薄，二姐夫也是一样，他们在我最脆弱的时候容纳了我，我此后以看待恩人的方式对他们。他们几个孩子与我的感情很深，到现在还往来不辍。记得早年姐夫为了怕我在眷区因"旁系亲属"身份受到欺负，要他孩子以"叔叔"叫我，他们一直到今天还没改口，可见姐夫待我之好。我在这家里一度觉得失落，我想不是他们的原因，而是我自己的原因。我确实太怪了，孤独让我读了太多不该读的书，想了太多不该想的事，我为很平常的事而感伤，又把很重要的事当成无事，我时而自卑，时而又过分坚强，这使得我不只在家庭，甚至于在我要相处的社会都有点格格不入。

二姐去世之前的四五年就变得疯疯癫癫的，看到人也不认识，常说莫名其妙的话，后来越来越厉害，就连回家也不会了。姐夫比她早五年去世，很幸运地申请到汐止五指山的军人公墓，是一块双穴的墓地。姐夫埋进去后,墓石上刻着"故'陆军'中校赵仁华之墓",字上涂了金漆。千不该万不该有么一天,让姐姐看到帮她保留的墓穴,上面已刻好了她的名字,只不过是涂着红漆。她那时还不算太糊涂,只是有一点点不正常而已,她看着为她留下的墓碑,连声叫着说:"怎么周彩和死了!怎么周彩和死了!周彩和不是我吗?"不管她孩子怎么解释,她听不进去也听不懂,从此就变了一个人似的,成天不是乱说话就是浑浑噩噩的,任你怎么叫她,也叫她不醒了。

有裂纹的镜子

三姐与妹妹跟我是同父母所生,照理我们亲密的程度要胜过与大姐、二姐的,却不然。四十年来,我与她们一直保持着若即若离的关系,其间我曾想修补,但往往徒劳,有时修补反而带来更大的隙缝,弄得不可收拾,累积的经验显示不如不修补吧。事情往往就这样拖下来了。

在她们的眼中我是个失信的人,也是个背弃者。尤其是我三姐,我读大学时拿了她的钱,后来她发现在她与二姐的斗争之间,我并没有充分地站在她一边,就把所有的"国恨家仇"一股脑全算到我头上。按说她跟二姐处不好,应该她们二人怒目相向才是,但她与二姐至少在表面上还维持着亲密的关系,见了面还会你家长我家短地聊个没完,却对我丝毫不假辞色。有三十多年之久,我三姐与我妹妹就是在路上遇到我,也假装不认识我,遇到我的妻子或孩子,也会远远避开。我与她们虽是同胞,却一度被她们视作比平常路人还不如的人。

我的三姐比我大七岁,在她与我之间,据说我还有个我从未谋面的哥哥,名叫志鸿,在很小的时候病死了,这个哥哥可能大我四岁。我的妹妹比我小三岁,她出生不久,我父亲就去世了。她也跟我一样出生在湘西,大约我母亲在生了她之后便也知道不会再生了,所以妹妹小时候,我还听周围的人用湖南话叫她"孃妹",孃音娘,是么妹的意思。

我三姐从小身体就不好,个子比二姐高,但她在该丰腴的年代从来不曾丰腴过。一九五〇年我们刚从宜兰的五结乡搬到罗东后不久,她就患了肺病,应该是肺结核,那时在罗东南门河边还没有圣母医院,只有一家博爱医院,医院还是平房,二姐常带她到博爱医院去就诊。就诊时得照X光,那时X光还不是像现在一样的照片子,照的时候要站直,让医师看镜面上的透视画面,医师在镜面上指指点点,也许说左肺叶上的细菌已经没了,但右肺叶上还有之类的话,一次总要两三分钟以上。我很喜欢进入到处是黑色布幔的X光室,里面很阴冷,还有一种消过毒的特殊气味,医生准我们进去与他同看透视,当时没有现代健康的观念,医师、病人与看热闹的人不知受到多少现在以"毫伦琴"为单位的辐射污染。

医师要三姐打针吃药,她要打一种盘尼西林的针剂,不是静脉注射,只要打在臀部肌肉就好。二姐图省钱,自己学会了帮三姐注射,她买了玻璃针筒与金属制的针头,先放在铝制的饭盒中煮沸消毒,注射之前还得用棉花蘸着酒精在皮肤上涂抹,我很喜欢看她准备注射的程续,酒精的气味令人兴奋。当时的盘尼西林针剂是粉剂,装在很小的玻璃瓶里,使用前须先把药用蒸馏水灌进去,灌蒸馏水的方式与注射没有不同,灌完水随即摇那瓶子,当盘尼西林成了液体,才抽出来为人注射。由于是注射臀部,注射时就不让我看了。

三姐的病况时好时坏,我读四年级的时候她进入罗东中学初中部就读。她比我大那么多,按年龄理该读高二了,却还在读初中一年级,那是遭遇家国之变的结果,她自己无须负责的,但心理上的压力,仍可想象。她读到初二,不知道是因为身体的缘故或是其他的理由,又休学不读了,从此就待在家里。她待在家里到底做什么,老实说我已不复记忆,我那时还太小,对家与外面的世界缺乏观察的能力。

后来她的病好了,二姐介绍她到自己服务的联勤被服厂工作了一阵,应该是个临时性的工作。我读初中的时候,她好像一度到台北找工作了,但时而在台北时而在罗东,到底是在哪儿工作、工作的情形如何，我都不明就里。我记得她在联勤的财务经理学校待过，那个学校在台北县的中和，然而是在我母亲死前还是死后，我的记忆是模糊的一片。我初一、初二时，一直到母亲病死之前，有关三姐的记忆似乎空白的居多，但母亲死的时候她是在场的。母亲病危了，我记得大姐一家来罗东送母亲的终，母亲弥留的时候是暑假的一天的中午，阴历的七月十一日，正好挤在大姐与二姐的生日之间，窄狭的屋里挤满了人，我也在里面，三姐抱着二姐最大的女儿梦兰，才八个月大，在屋外的竹林下躲太阳。屋里有人大声叫她说：你妈不行了。他们要我这做儿子的紧握母亲的手，母亲咽气时手还是暖的，过了很久才变凉。在前一刻我从人群的空隙间看到三姐惊慌地跑进屋内，两手还紧抱着梦兰，她嘴里凄绝地叫了一声"姆妈……"其他的事我就不记得了。

母亲过世时我已十四岁，三姐在与我同岁的时候，就远比我聪明又懂事，何况她那时已二十一岁了，她一定比我更觉得孤立无援。我从小就跟着二姐一家，在此之前，虽然过的是穷苦的日子，但我从来不觉得自己与二姐不是一家人。二姐是个社会性格强烈的人，她喜欢热闹，喜欢在众人前面扮演排难解纷的角色，她也许不够用心，但她对我们确实从未分过彼此，这一点我是可以保证的。她后来孩子多了，对我们就不是那么的"周到"，我认为情有可原。但三姐不认为如此，她觉得二姐并没有善待我们，二姐的很多行为都让她看不惯，包括她的外向、太过注意繁华而不切实际的事，而且说的总比做的多。二姐在家中总喜欢做主，母亲在世的时候，就一切听她的，母亲没有读过书，家中一切对外的、需要借助文字的事都由她来处理，三姐可能早就不以为然了。

到我读高中二年级的时候，三姐应征"国防部"心战总队的工作，结果被录取了，她被派往金门做心战播音员。她很高兴，心战播音员的待遇跟军人中的尉官一样，又有前线津贴，以收入而言，算是不错的。但我想她高兴的另一理由是她终于摆脱了二姐，从此可以独立自主地过自己的生活了。

我考上大学，她觉得很有面子，便对我逐渐亲切起来。后来我终于知道，我读大学这事在我三姐一方而言，是有着繁复与多重的象征意义的，她觉得在她与二姐的长期斗争中，吃亏的是自己，在母亲两次婚姻所生的子女中，我们三人明显属于弱势的一方，现在这弱势的一方有可能"站起来"了。在她眼中，我们在此之前的生活全仰赖二姐与姐夫的宽容施舍，那时我与妹妹还太小，可能不觉得有什么，她却感觉是奇耻大辱。她想我读大学之后，这种情势就可以改观，毕竟在我们家中我是第一个读大学的成员，不只我们家，连我们住的眷村，我也是第一个考上大学的人。我当时懵懂，原本不想读，还打算明年重考呢，想不到这次经历，在三姐的心中有那么大的意义。

她寄来钱让我注册，我感恩而写了长信给她，她也回了长信，从此我们鱼雁往返通信不绝。我知道她心中其实有很大的波澜，虽然她平常很少说话，她与二姐确实是完全不同类型的人。

我读大二的那年她当选了当年的"战斗英雄"，"九三军人节"到台北接受"总统"的召见与表扬。她穿着英挺的军服，肩上佩戴尉官军阶，照片登在"国防部"《胜利之光》月刊封面上，不论哪方面来说，那可算是她一生的"巅峰"。我记得我到林口，参加心战总队对她的欢迎仪式与宴会，那时我的妹妹，初中毕业就辍学在家，也借由三姐的关系而到心战总队附设的商店服务，妹妹很玲珑，对她该做的事很快就"上手"了，而且她有外向的一面，会说话，很得人的欢心。我想三姐那时的心情一定很庆幸，我们姐弟三人终于摆脱了阴霾，可以独立在外面闯荡了。有一次她跟妹妹与我说："姆妈如知道我们的状况，不知道会多高兴呀！"我们平常在家说不特别标准的"国语"，叫母亲却都用浙江话的方式叫，浙江话叫母亲是 m-ma，我跟她说《胜利之光》封面上的那张照片有点像姆妈，她听了哭了。我心中也突然兴起一种十分特殊的有宗教意味的感怀，感谢上苍，我们姐弟在历经许多波折之后，没有失散，相反地，还步上了康庄大道，至少当时看起来是这样。

大四时我搬家到士林的芝山岩，住在一位严先生的家里，严先生在他宿舍后面的山坡搭了几栋简单的房子，我就住在里面。严先生在"国防部情报局"服务，当时的"国防部情报局"就在阳明山与芝山岩之间。说起"国防部情报局"，原来大有来头，虽然名字挂在"国防部"之下，其实本身就是"国家级"的情报单位，当年由中国最有名的情报头子戴笠所创。戴笠，字雨农，所以士林通往"情报局"的那条路到现在还叫作雨农路，而原属于"情报局"的子弟小学，今天仍叫"雨声国小"。从阳明山下来，初接触台北的第一块平地，就是"情报局"的势力范围了。我所以在这里详细解说这件事，是有关后事的发展。

我三姐在一九六五年春天起，就酝酿着离开金门的念头。在金门做心战播音员必须成天待在坑道内，金门的坑道都是在成堆的花岗岩中人工开凿出来的，坑道终年不见阳光，连被子都是湿的，在那里待久了，当然不利于健康。其次是播音员都是女性，而战地尤其是播音站所在，都是驻有重兵的要塞，四周都是男人，对她们而言，生活作息都十分不便。再加上三姐已在前线太久，自觉与真实的世界脱离得太远了。她想回来我们都赞同，她中途回来过一次，试探回台北找工作的可能，但一时也无头绪可言。她大约在那年四月办妥了离职回台的手续，暂时与妹妹住在她一个朋友在信义路的房子里，我不时去探望她们。那时我大四，正准备从东吴大学毕业。

我住在芝山岩的严先生家,与他们处得很好,他的几个小孩都叫我周哥哥,我以免费辅导他们的课业换取一席安枕,久了之后,周围几家同是"情报局"眷属的子女也来接受我免费辅导,我成了那一闭塞社区里的孩子王了。有几天严先生看我不时往城里跑,问我忙什么,我答以三姐从金门回来,他问是不是在找事,我说是,但一时尚无着落。

隔了几天严先生找我,问我三姐找到事了吗,我说还没有,他说他把三姐的事跟雨声小学的校长谈过了,雨声小学的幼儿园现在缺教师,假如我姐姐愿意"屈就",这事很容易讲定。我想起三姐的学历不高,便说她没有正式教师资格,严先生说这一点我们不要担心,幼儿园的教师当时是不需要什么资格的,只要会说话、能带孩子就可以了,何况雨声小学是"情报局"的子弟小学,人事上自己可以决定。"你姐姐不是做播音员的吗?"严先生说,做播音员一定会说标准"国语",对教幼儿园的儿童太合适了。我心想这太好了,据我所知要在这雨声小学教书不是易事,因为其中多是"情报局"同人的子女,所以在资格审查上是比较严格的,里面的待遇与福利也比一般的学校好。那时三姐那儿没有电话,我立即载欣载奔地赶赴信义路三姐的住处,征求她的意见。

那天妹妹与三姐的一位侨生朋友也在场,那位侨生朋友跟我同样年纪,是从柬埔寨来的,也把她看成姐姐,大家闻讯都高兴。

妹妹还说雨声小学是"国防部情报局"所属的学校,三姐如果去成了,等于是从"国防部"的一个单位调到另一个单位,因为她以前所属的心战总队也是属于"国防部"的呀,三姐也说是真的咧。那天气氛很好,好像已说定了的样子。我看到三姐的反应很正面,心情也轻松起来,我回到芝山岩,当面告诉严先生我三姐的反应,说三姐似乎愿意试试看,我不敢把话说得太满,害怕给严先生非成不可的压力。

过了几天,严先生告诉我他已与校长说好了,要我把三姐请来,严先生打算在他家请两方面吃饭,顺便把这事敲定。见面时间定在几天后的星期日中午,我也随即到信义路告诉三姐了,她与妹妹都很高兴,三姐也答应我在星期日上午来接她。我在回程中备感愉悦与轻松,三姐如待在雨声小学起居有常的话,她住的地方就可以成为我们姐弟妹三人精神层面的"家"了,我还幻想,她也许在这儿遇见一个爱她的男子,她成家之后,我们的"家"就更有中心点了。

我兴冲冲地在星期日上午赶到信义路,临行,严先生夫妇还说午餐是便餐,要我们不要赶,我们来晚了,他们与校长会先聊的。万万想不到事情已发生了变化,一点征兆与理由都没有的。我赶到三姐家,三姐却拒绝去了。我当时应该问她理由的,但急了没有问,后来我想即使问了,她也不可能给我答案。我当时急了，再加上我原本修养不好，话又说得太快了，我有点词不达意，我告诉她严先生夫妇已在他们家里"敬备菲酌、恭候台光"了，而且要命的是雨声小学的校长也到了，我急着说这事是我们求人家，而非人家求我们，我们如果不打算去，就不该出尔反尔。三姐不但没有告诉我任何她不去的理由，反而火冒三丈地大声嚷着，说要我记住，这事她从来没有答应过，而且要我告诉她，"从头到尾"，她什么时候向任何人"求"过了？我在旁细想了一阵，这事确实不是她"求"的，是严先生夫妇热心，主动帮忙着促成，但是否为自己所求现在不能成为拒绝的理由，我说我来过几次提起这事，你的反应都很热烈，就是前天来此"敲定"见面的时间地点，也是都说好的，你也许说会面的时与地都不是你决定的，可是你当时并没有反对呀。

但无论我怎么说，甚至后来我有点哀求她，她都无动于衷。时间一分一秒地过去，我想到校长在严先生家苦等不获的样子，问题是我怎么回到芝山岩呢，我不只要去"复命"，我还要在严先生那儿待到我大学毕业呀。

我到今天还不知道她拒绝与严先生及校长见面的任何一点的理由。我想我是怀着极大的委屈与愤怒而离去的，只要她顾及一点姐弟的感情，都不会这样对我。那天我走投无路，走前曾询问也在一旁的妹妹，要她帮我打探一下其中的原因或者从中斡旋，但她完全站在三姐的立场，也就是不理我也不对我做任何解释。我从这次才知道我的这位同父同母的妹妹，其镇定与冷酷无情，真是无与伦比。无论如何，我处理这事的方式也许不够精细，但居心绝对是善良的，三姐也许受情绪影响，乱了方寸，做妹妹的应该在其中做一点调和的工作，她不但不做，而且与三姐一起摆脸孔给我看。我以后发现，我这位妹妹屡次说了假话，就是被人戳穿了也从不会感到羞愧，至少脸上一点不会有羞赧的脸色。她与我几十年不见了，如果在一公开场合与我见面，我会极度不安，她却阳阳如平常，让别人觉得我们之间毫无嫌隙，仿佛昨天还在一起的样子。

那次事后，我心中的创伤烙印无法消退，一种极大的恐惧阴影笼罩在我的身上。我三姐与我妹妹绝对是有问题的，这问题的来源如出自遗传与环境，就证明我也有同样的问题，我跟她们在一个家庭里长大，也来自同一个遗传因子。她们无法与人真诚相待，又太过情绪化，这是她们后来几乎没朋友的原因，她们即使与很少几个亲戚相处，也会怀疑与忧虑不断。她们当然伤了原本与她们相善的亲友，而其中受害最深的，其实是她们自己。她们只有装出更坚强、更不在乎的表情，不断武装自己、封锁自己，深壁高垒地把自己陷于孤独的境地。我后来反省自己，我其实也有相同的个性，我个性孤凉不喜与人相处，我不会主动发现别人的长处，从而赞许别人，我常嫉恨别人，又把埋怨藏在内心，我常自陷幽独，有时会自伤自毁，总之，在性格而言，我不是健康的人。我在她们身上，看到自己的阴影，这是我觉得恐惧的理由。

三姐从不忌讳在众人中给我与我周围的人脸色看，我的妹妹也是如此。这使得我在她们面前也常常不发一语，当然我们后来都尽量避免碰面，三姐、妹妹与我的关系就这样冷冻了三十多年。

直到有一年我们分批到罗东祭扫母亲的坟，三姐告诉二姐的大儿子元元说，她觉得母亲的坟陷落在旁边越修越高大的坟墓中间，再过阵子可能找都找不到了，她要元元找"你叔叔"去商量一下。二姐夫早年怕我在眷村被人欺负，要他的孩子以"叔叔"叫我，所以到今天，二姐的五个孩子跟他们的家眷都这样叫，有趣的是叫我内人都还是按规矩叫她"舅妈"，内人起初不太能接受，后来知道了原因，也就不要他们改口了。

如果在平常，她不会找我商量的，她是不得已才叫元元来找我，那时二姐夫初逝，二姐又陷入失智的阴影中，大姐还算健康，但远在台南，所以只得找我。我那时心情复杂，母亲在罗东的广兴公墓虽然有墓地，但其实母亲是火葬的，里面放的是她的骨灰，当时我们家除了大姐之外，几家人都住在台北，为了祭扫方便，最好的办法是把母亲的骨灰供奉到台北。母亲是信佛教的，几年前我的内亲告诉我道安法师主持的松山寺可以放灵骨，那座寺庙很干净，为此我还去问了个详细。我请元元陪我去找她们，跟她们商量迁葬的可能，但三姐说不宜，她说母亲托梦给她，说不愿意远迁，我问明了她的意思，原来是想帮母亲在附近找个更爽朗的墓地，重建一个新坟。

我虽然是母亲在世唯一的儿子，但不表示我能决定一切，我特别邀请二姐与三姐、妹妹到我当时住的长兴街的台大宿舍，正式商讨处理的方法。她们姐妹二人也"欣然"与会了，这是我们"结怨"之后的第一次聚会，而且在我的家中。二姐老是抓不住重点，三姐的意思很清楚，妹妹当然站在她一边，我也尽力配合，决议是在原来墓地旁边另找块地重建新坟。三姐与妹妹事后透露，新的地方她们已"相中"了几块，要我有空去看看。我当时想，也许母亲在三姐的梦中显灵，是她要撮合我们姐弟的嫌隙，要我们借着重修她的坟而和好。

新坟不久建成，母亲进入新屋是有仪式的，大姐由孙子陪同从台南赶来参加，我们一家五人算是在母亲灵前正式聚首。这次聚首，距离母亲的死已四十多年了。

这所新坟是采取家族墓园的方式，主墓穴安放的是母亲的骨灰，旁边还有九个空位，做墓的说可以放我们及子孙的。我看三姐与妹妹都很高兴，好像长久的心愿已了的样子，我想我们都上年纪了，总有不可讳的时候，三姐与妹妹都没结婚，当然没有子嗣，百年之后，这里也可以做她们的归骨之所。我想她们热衷这件事，是因为这件事做成了，一方面为母亲尽了孝道，一方面也觉得自己的未来落实了些。

　　自从这事之后，三姐与妹妹对我的感情好些了，她们从未拜访过我，但对我与内人的拜访则不再拒绝。当然她对我们小名叫球儿的女儿更加欢迎，小女发现她们养了孔雀鱼，正巧小女也在家里养，没事为她们送几条去，便也笑谈不休。她们住在景美万隆站附近，离我服务的台大不远，我有空时会打电话给她们，约她们到外面吃个饭之类的。有一次我临时有事，须留在学校处理，我特别请她们到我研究室小坐，我趁机要她们为我的计算机桌面挑选一种图案，她们七嘴八舌地，终于帮我选择了一幅海景，那幅海景我一直使用到今天。我知道把裂开已久的镜面拼凑到一起本来困难，不管镜面如何平整，裂纹是还在的，使用镜子的我们必须学着不去看那道裂纹，尤其不能对镜子使力。这面破损的镜子不能抛弃，就让它安安静静地放在屋子的一角吧。

纷 扰

　　三姐与妹妹两人与二姐的斗争，起源于她们对幸福的渴望，但她们处身的家庭，没法提供这些。我觉得她们比我更需要父母的爱，不幸的是我们的父亲早死，母亲死的时间比较晚，在我初二读完的那年暑假，那年是一九五七年。对我三姐来说，母亲过世时她已二十一岁，她看起来已达到能够承受这个悲剧的年龄了，然而能承受与否，不是端看年纪的大小，还包括处理生活的能力与心智的成熟程度。三姐与妹妹都是十分敏锐的人，这种敏锐无论是对己对人都是伤人的利刃，我常觉得像这样的敏锐不如不要的好。中国的徐渭与荷兰的梵高都是敏锐的人，敏锐让他们成为极独特的艺术家，而敏锐也使他们成为命运的受害者，他们的结局都很惨，幸好他们留下了许多令人不敢逼视的伟大作品，稍稍弥补了他们生活上的不幸。

但历史上像徐渭、梵高这样的人并不多,原因是敏锐也许是艺术的创造力,而它的破坏力却更大,这些破坏力不仅影响他们的生活,有时对他们的创作也会造成无可挽救的伤害。雕塑大师罗丹的情人卡米耶也是雕塑家,有人甚至认为她的作品比罗丹的更有张力,可惜她大部分的作品都被她自己毁坏了,天才当然会创作,但有时也会自毁。我想三姐与妹妹三十年来给我的责罚,在我也许觉得够大了,但就她们而言,却是很小很小的,甚至微不足道,如果拿来与她们给自己的伤害做比较的话。

比起她们的敏锐,我就迟钝多了。我想就是因为我的迟钝,才使我比起她们顺遂又幸福许多。三姐读初中的时候我还在读小学四年级,我那时很羡慕她,包括她的书本文具,还有她那些"谈笑有鸿儒,往来无白丁"的同学,要跟她比,不论我自己还是我周围的所有,都显得太寒碜又太无聊了。她不准我碰她的东西,她只要外出,一定把所有的东西都收好,但越是不准我碰,她的那些东西就越发对我展现出"致命"的吸引力。她几个同学偶尔来访,家里太小,她只有命我出去,哪怕外面下着大雨,我其实无处可去,她也不准我待在房里。

有一次我早一点回家,看到她放在桌上的木制笔盒,里面有一支令我心仪的钢笔,是仿赛璐珞制的,吸水簧片装在笔杆上的那种，我拿起来把玩，不巧被她看到了，她大哭大闹地对付我，而且把那场战役延长到一个月之久。无论"热战"与"冷战"，发动者都是她，我其实毫无招架之力，那次之后我立誓永远不碰她的东西。她责罚我倒罢了，她会故意在我前面"自毁"，包括撕了我看过的书，或把我碰过的笔丢一地，更严重的是她哭着说要不再吃饭。母亲有时会不问理由地狠狠打我一顿，我在被打了后，脑中存疑，久久无法释然。只知道我是得罪了她，却不知道只一点小小的事故，为何在经过"发酵"后会形成那么巨大又令人恐怖的阴影。

但不能说她没有温柔的一面，她有时候也会主动对我好，譬如那支曾令我不愉快的钢笔她后来送了给我，好像是我读初中的时候，那支钢笔的笔杆与笔帽是绿色的，带着好看的小细纹，出水不是很顺，我把它当成蘸水笔使用了很多年。我从学校图书馆借来一本《唐诗三百首》，把一些懂得的与喜欢的抄在一本日记簿上，抄录时用的就是那支钢笔。

我记得是我读初三的时候，母亲已过世，那时三姐为什么住在家里，我已记不得了。一次我从公共信箱取出一封写给她的信，当时整个眷村的邮件都放在一个大信箱里，是不会每户投递的。那封信光从外面的西式信封看似是女的写的，因为字迹十分娟秀，而寄信地址是一个邮政信箱，像是个军事单位。糟糕的是正碰上宜兰的雨季,那封信的信封被打湿了,取信的时候信从里面掉了出来,我也一时好奇,把厚厚的信翻到最后一页,发现是一个男人的名字。我回家把信交给三姐,说信打湿了,她却怪我看了她的信,随即用怨毒的语言骂我。

我跟她说我没看,她说她不信,但这事我确实有些理亏,我其实看到寄信者的名字,我不敢告诉她,不过我也觉得不平,我并没看信的内容。她骂了我一顿之后,又跟自己发脾气,对着我立誓说心中不再会有我这个人,而且说只要是这人寄来的信,她再也不会看。我实在想不透,如果我得罪了她,跟我发脾气也就算了,与那写信的人有何关联呢?后来我才知道,她的记性最好,她如忌恨一个人,程度会极深,时间会极长,这在我以后的日子会体会到,但那时候我还不明就里。二姐跟我也偶有冲突,但过一阵就会雨过天青,就算做弟弟的我无意看了信吧,为什么一定要恨我入骨呢?

幸亏三姐口头上的迁怒并没有真正做到,那位在联勤服务的尉官男友还跟她交往了一阵。他来过罗东几次,我已忘记他的姓名了,他长得白净斯文,给我的印象很好,他送过一张照片给我,是穿着军服的黑白照,后面题着"海内存知己,天涯若比邻"的句子。来罗东的时候,他总住在靠火车站很近的一家二层楼的旅馆里。有一次他在拜访我家后匆匆离去,临行落下了什么东西,那时三姐不在，二姐看到要我立即送去给他，因为我知道他住的旅馆，那是一本用报纸包裹着感觉像书一样的东西。到了他住处打开一看果然是一本书，他翻开书页给我看，我看到每页都用红色铅笔给点满了，他又用蓝色的钢笔把重要的段落与句子画出来，整本书密密麻麻的，可见他阅读得仔细。最后我要求他翻到封面，让我知道他如此慎重对待的是哪一本书，结果是歌德的《少年维特的烦恼》。他告诉我以前拿破仑在作战的时候，随身总带着这本书，这本书给拿破仑许多"感伤与力量"，那时我还没读过，我不知道什么叫作"感伤与力量"，但我对这本书从此怀着孺慕崇敬之心。直到我读高一的时候才有机会读到，等我费了点精神把全书读完，却怀疑要用如此虔敬的方式来面对这样一本书吗，就算拿破仑当年也曾读过？

那位男士确是我看到的最有涵养与风度的人了，不但温文尔雅，长相、身高也在中人以上。隔了很多年后，我突然想假如当年他与我三姐保持着良好的关系，最后结婚了，岂不是美事一桩吗！三姐有幸福的婚姻，有了孩子，再孤僻的性格也会改几分，也许会用比较健康又平和的方式处理她身边的事，对她自己与她周围的人都会是好的消息呀。

后来他们为何没了往来，我当然不敢问，我与三姐的关系一直不好，这由于她太敏锐而我又太迟钝。我不太能体会更没法掌握细致的感觉与思想，尤其是女性的，这是我性格上的一大弊病。这不是说我对女性没有兴趣，我对女性常怀有幻想，有时还会让幻想带着进入意乱情迷的世界，但不久我就会发现我心中所存的念头大半与事实有差距，这包括别人对我的情意我无法体会，而我对女子的认识与所付出的感情，往往也是莫名其妙或是错误百出。我虽然生长在一个女性为多的家庭，但女性给我的沮丧一直比欢愉要多很多，中年之后我才知道，原因可能在我，不应全怪她们。

我与三姐一直"维持"着断断续续、若即若离的关系，这部分也由于我不在意，我因长期不得她的欢心，所以对她也慢慢养成不加闻问的习惯。在我从少年转化成青年的重要时刻，她与我的家人对我而言都是疏离的，我沉醉在阅读与幻想之中，老实说，我那时对世界的"判断"，也可能是严重扭曲又不准确的。我想我三姐在我们的母亲死了之后，比我更觉得彷徨无助，她比我更需要家的依仗扶持，但她无法把二姐提供的环境当成真正的家，而且她长期把二姐当成精神上的敌人。她也有她的内心世界，那个世界深远而复杂，不要说别人，甚至于她自己也不知道。

我在读高二的时候，三姐突然决定到金门去作心战播音员，这趟"远征"，使得我们姐弟的关系改善了不少，距离与孤独反而使人对原始的亲情依恋起来。我们保持着通信，她在信中很少谈她在金门的生活，多数是对我做道德的训诫，她与母亲的语气很接近，都是要我努力向学、好好做人，要记得为我们"周家"争一口气之类的话，真像百年来忧患不断的中国人的内心呼喊，姐姐的信中只是把"中国"换成了"周家"而已。我当时恭谨唯诺，过了一阵子后才知道其中的复杂与沉痛。

三姐到金门工作，也有利于我的前程。我高中毕业后考上了一个私立大学，不是她答应出学费，我不可能读得起，而她答应供我升学，却有一种复杂的心路历程。我在此之前，一直住在二姐罗东的家中，生活上的一切，可以说全部仰赖二姐与姐夫供给，虽然简窭无比，但缺此无以生活成长，马克思说经济权决定一切不是没有道理。我考上大学之后，从三姐的眼中看，长久以来的形势很快就可以改观，在她与我一边的"周家"将很快有出口气的机会了，她答应提供我的学费，一部分的原因在此。

但她发现状况不是如此，我读了大学，并没有加大我在家族中的发言权，这一部分由于我性格懦弱又加上我志不在此的缘故，她看我没有为自己或我们长期以来所受的不公平对待提出抗议甚至形成抗争，心里很不是滋味。我对于人的复杂感情不太能深入体会，我一直不觉得二姐与姐夫对我们有什么不好，我的二姐夫是一个善良的人，如果不是因为善良，他为什么要把我们这群"旁系亲属"千里迢迢地从大陆带来台湾呢？一路上的苦难险巇，不是三言两语说得尽的，而二姐开朗而外向，天天都快乐地唱着歌,如果不是这种性格,如何使我们在遭遇许多困难之下"涉险如夷"地度过?姆妈在世时最疼她,这是我们的大姐说的,大姐说阿彩(二姐)比她要聪明,不只姆妈爱她,连阿爸也爱她(指我的父亲,她们被母亲拖油瓶带来周家之后也叫我父亲为阿爸了)。大姐说这些话时是没有任何醋意的。

我不但没有与二姐断绝关系,而且因为距离远了,平常因生活所生的嫌隙反而弭平了不少,我常回罗东去看她,也看她的家人,她的孩子跟我一直保持着良好的关系。我其实把二姐的家当成自己的家,把罗东当成自己的故乡了,我回去不仅是去探视她们,也是回到我从童年、少年到青年唯一熟悉的地方,我到那里,一部分的原因是重新"拾回"我自己。

但三姐就不以为然,她认为我不但没有"敌我"意识,更是一个不知感恩的负心人。其实她每次从前线回来,也会赶回罗东一趟,与二姐也是有说有笑的,但看到我与二姐关系好,却不是滋味,这事我当时并不知道,是过了很久之后经过繁长的分析验证才得到的结果。她供应了我最初两年的学费,大三之后,我找到家教的工作,已经能混自己的生活,对她的依靠就不是那么强了,她偶尔会寄些钱给我零花,正式的学杂费我就不要她寄了。妹妹初中毕业后没能升学,是她没考上还是其他因素,我已记不得,只知道她好像待在罗东二姐家里。三姐说也鼓励她出来升学,我认为很对，我请她把原本给我的钱寄给妹妹。

我读大四的时候，三姐辞掉前线的工作回台，我帮她找事反而开罪了她，当时闹翻，隔了好久没有往来。大学毕业后我又赶着当兵，从此奔波在外，与她就断了音信。等我退伍，在一中学任教，这状况并没有改善。后来我结婚，婚宴的时候妹妹倒来参加了，她硬是不来，我与内人带着礼物去看她们，她支使妹妹见我们，自己则不见，这状况持续了很久。

印象最深的一次是有一年春节，我们已有了小孩，我与内人提着一些薄礼，带着我们的孩子去看她们。她们当时住在靠近植物园的广州街的一条巷子里，三姐在当时的"陆军"医院服务，就在广州街上，距我的内家不远。内人心软而细，总觉得我们如带孩子去，也许会化解尴尬。到她们家之前经过隔壁邻居家，我们看到三姐坐在里面与人聊天。我们走到她们家，妹妹出来应门，我们问妹妹姐姐呢，她说她出门了。其间妹妹好几次进出，最后一次她从外进来，跟我们说她刚才到隔壁去借电话，问了姐姐，说姐姐正在距离很远的内湖的朋友家里，一时赶不回来，要我们现在回家吧。我与内人面面相觑，我十分生气又无奈，但不好发作，三姐明明在咫尺之外，她们与邻家的墙壁只是层木板隔着，妹妹跑去跟她说话，我们几乎句句都听到了。我看了看内人，她低声说我们走吧，我们牵着完全不懂事的孩子快快离开。还好孩子还小，不懂大人间的事，也不了解人间欺骗的戏码，我立誓让这种莫名其妙的战争与伤害，只到我们这一代为止，绝不能让它祸延下一代，我从此再也不让我们的孩子来扮演化解我们这一代恩怨的任何角色了。

这实在太恐怖了，怎么会有人一边扯谎，一边又能保持如此的平静？而像这样的扯谎有什么意义呢？她们无须如此对待我。或者她们是为了要伤害我们，因为她们明白我是个脆弱的人，我也许会因此而痛不欲生。我想起张爱玲的一篇有名的叫《金锁记》的小说，小说的女主角曹七巧太聪明，她的一生，其实全用在伤害周围的人上面。周围的人伤害光了，她就伤害自己的孩子，后来她把她的两个孩子都逼疯了，奇怪的是，她伤害的都是她原本最爱的人，直到世上已没有人可伤了，只有毁灭掉自己。最后的一幕是她静躺在床上，她发现自己已瘦得能把原本手腕上的玉手镯推到腋下了。她也会深自惋惜，却无能为力。

三姐与妹妹的事，当然让我愤愤不平，但最多的时候，是让我恐惧，我真怕她们变成七巧。世界是伤害不了的，最后的伤害总会落在自己头上，希望她们不是，而不幸的是所有的迹象都显示她们正朝那个方向走去，让你徒呼负负，却又无计可施，她们不是小说里的人物，而是我的姐妹呀。

我也常想到我自己，我也有孤独不喜群居的毛病，不知为何，我总不愿意过有真实意义的团体生活，即使鼓起勇气与人交往，总会保留自己的感情，很少会主动"提供"自己，更不要说在别人面前言无不尽了。每当要奉献的时候，我不见得不会奉献，但我的奉献比起别人总嫌迟缓而犹豫不决，我常不珍惜财物，但过于珍惜感情，而我对感情只是珍惜却不勇敢，常常是该续的不续，应断的又不断。我从任何一面来看，都不是个"痛快"的人。这证明发生在三姐与妹妹身上的事，也同样会发生在我身上。

我后来奔波在人生的旅程上，没有机会跟她们发生密切的关系，她们既然拒绝我于先，我只有知趣地不去找她们。三姐先在"陆军"医院工作，后来"陆军"医院并入"三军"总医院，她以后的三十年就在"三军"总医院服务了。她的工作谈不上专业，是负责门诊中心的播音工作，职位则是不占缺的雇员身份，虽然在军事机构做事，但军中的福利都没得享，年龄到了离职，也没有退休金与资遣。她的学历不高，没参加过任何的训练与考试，又与主管及同事的关系不算良好，没有人会主动伸出援手，便只有这样了。

她的人际关系可以想象，军中的事经纬万端，如果与长官或同事相处稍好一些的话，她的境遇便不可能如此。譬如她虽不可能升为高官，但军中某些基本的福利还是应该会有的。我在淡江大学任教的时候，系上一位年长的副教授，便凭关系拿到退伍军人的身份,除了可以免费享受荣民的医疗,每月还有一定数额的钱可拿,据他说他以前跟我一样只做过一年的预备军官,跟军队没有任何的关联。有一次他酒后吐真言,说军中"黑暗"重重,而这种黑暗可以让你为自己谋求福利的时候显得理直气壮,毫无愧疚,照他的话是那些利益摆在那里,"不拿白不拿"。我的二姐曾在联勤单位做过一阵文职的雇员,离职后几年竟然不知从何处飞来一张写着她名字的"战士授田证",这授田证是专发给随"政府"迁台的老兵的,后来"政府"花了一大笔钱"收购"这些授田证,二姐自然得了一笔原来没料想到的钱。

我不是说我淡江的同事与我二姐的事是对的,这是法纪荡然而个人又贪求小惠的结果,当然不值取法。但借着这一点,可以知道三姐在所谓军中混了一辈子,不要说大福利,就连一根蒜、一片姜都没得到,也是奇怪的事。这也许可以见出她性格狷介,但也可见出她不只不能与我相处,与团体的相处恐怕也是格格不入的。

这都是有关个人的细琐的、无关紧要的事情,当然放在大时代中,都不值得拿出来讨论。但不是有"大海不择细流"这句话吗?什么是大时代?大时代岂不也是由许多细琐又个人化的事情所"组合"而成的吗?

我在我的一本小书《同学少年》的"后记"中写了段我小时

与三姐的事,场景在四八年前后的武昌,我在那上面写着:

> 后来我们迁到武昌。大姐早结婚,不与我们住一起,二姐到汉口读二女师,我与母亲及三姐及妹妹住在一起。三姐在武昌蛇山下面的一所小学上学,我六岁时该上小学了,三姐带我一同去上学。她有一把画着许多燕子的洋伞,把伞打开,旋转伞柄,就像有群燕子在周围飞着。姐姐不准我拿她的伞,怕我弄坏了,我吵着要拿,她就唱歌给我听,歌是:"燕子啊,你来自北方……"那歌,后来常在我孤独的夜梦中想起。

我写这段文字的时候用了感情,当时有一种泫然欲涕的感觉。我记得《左传》的《郑伯克段于鄢》里面有句"遂复母子如初"的话,我真希望三姐看了,也许会跟我说,我们都老了,把以前的不愉快都忘了,让我们和好如初吧。但"如初"究竟该指什么时候而言呢?三姐比我懂事得早,在懂事的程度上又比我要深得多,就以我所懂的事来作标准吧,我们的关系时密时疏,而疏的时候比密的时候要多许多倍。我们是真正的同根所生的,照理会相亲相爱扶持到老的,可惜我们没有做到。

但这段文字三姐与妹妹都没看到,当然这个感动的场景我也不可能遇到了。我每次出了书都会送给她们,后来发现她们似乎没有阅读的习惯。不只她们,我家族中的大部分成员,似乎都没有阅读的习惯,我想借我的作品传达我的想法与感情,对他们而言,便是徒然。这说明知识是一种形式,而形式又是一种隔绝。

荞 麦

妹妹比我小三岁,如果说我从小就不幸,她的"从小"比我的要更小,我们的父亲在她还不满周岁的时候就死了,而那时的我,已经三岁多了,对这件事她一定比我更没有记忆。我很惭愧,在之后的许多她与我的斗争与不快之中,我老是因自己的失败而怪罪她,觉得她在每件事情上面都胜过了我,即使她与我在与别的对象相争过后,她跟我一样失败了,她却常常不会忧伤,或是她也忧伤却从不忧伤过久,很快便恢复了"战斗"的意识与力量。在我眼中,她曾是一个天生的斗争机器。我很少想过,她其实比我要更加脆弱,她比我还小,至少她有比我更为脆弱的可能。

我记得母亲在世时,常用一句浙江话形容她,母亲说:

荞麦三只阁（角），

越小越恶！

浙江话把"角"与"恶"都念成入声，两句是押了韵的。意思是荞麦结实有三个尖角，里面最小的一只最为锋锐，所以是最坏（恶）的。不过这两句表面在骂人，而母亲每次在她幺女儿面前说这句话，却从来没有责的语气，反而是有点自得、引以为傲的含义在内。我后来才知道女人之间的责骂，譬如"你真坏""恨死你了"，即使语气严厉得要命，也当不得真的，女人有时说的是"反话"呀。

妹妹小时候算是漂亮，我则长得十分难看，我有点自暴自弃，家里偶有客来，都忙着逗她，从来没人会理我。我假如与她一同犯了错，责罚一向都只落在我身上，起初我愿意为她担罪受过，毕竟我是哥哥，但有几次我在受责时，看到她暗笑的表情，心里就不免光火。她善于在闯祸之后把责任推给别人，通常是推给我，起初我不以为意，我看到她受责罚时常会感到莫名的痛苦，所以我愿意代她受过，但反过来她就不会，她看到我受责罚时却显得很快乐，到底何以致之，我百思不得其解。

孟子说："他人有心，予忖度之。"这种本事，她好像天生就有。她似乎知道大人的所有喜怒哀乐未发的景象，还有那些情绪将起的关键,不但能够发现,而且能够掌控,所以自我有记忆以来,我不记得有哪个大人会埋怨她,更不要说责备她了。而我则往往成了大人积怨的渊薮,所有人都会把自己的不满意发泄在我身上,其中以母亲为大宗,姐姐们也是如此。有一次一个北方人邻居对我说:"你真是你们家的出气包儿。"我牢记着这说起来只三个音节的写起来却要四个字的"出气包儿",是专门用在我身上的形容词。

我虽然很内向,但因是男孩子,外在世界究竟比她们女孩子的要广大些,譬如我可以借机去铁轨捡拾煤块而成天跑到外面,也可以向大人告个假,到车站附近的贮木池去垂钓一整天,有时与友人一起,有时只我一个人,那真叫自由逍遥。我后来养成不管妹妹的习惯,不只不管她的事,家中其他的人与事也很少过问。

就这样,时间也过去了。到我猛省我与妹妹的关系不该如此的时候,她与我都大了。我记得她那时在林口的心战总队的福利社做售货员,我当时在台北的东吴大学读书,已读大三了。我常到北门乘公路局的班车到林口去看她,那时到林口须经过许多看起来弯曲又危险的山路。她工作的地方到处是相思树,没有相思树的地方则红土一片,有的地方有很深的沟壑,风光与我熟悉的宜兰与台北不同。她表示想继续升学,她想升学的动机,应该有部分来自我的鼓励。那时跟我们同胞生的三姐在金门当心战播音员,刚获得她职业的"最高成就",当选了该年的"战斗英雄",回台接受"总统"的召见与各界的表扬。

三姐对妹妹升学计划也表示支持。妹妹在我高中毕业的时候,正好也初中毕业,而且我们读的是同一所中学,换言之,她已失学三年了,因为我已读大三。所以她的升学计划,应该是放在升高中、高职或升五年制的专科学校上面,正好当时台湾的师范教育改制成"五专",我问她喜不喜欢以后做小学教师,她说喜欢,我便鼓励她试试考师专。

那时台湾还普遍贫穷,读师专可以享受公费待遇,除了供应生活之外,还发给学生零用钱。师专成了许多有志气又贫穷的人的"梦想",当然不好考。

妹妹从初中毕业后就没再读书,她现在想升学必须加紧课业。她在林口其实没有准备的环境,我趁一次到台南的机会与大姐商量,说小妹想再读书,需要准备,最好的方式是辞掉工作回罗东二姐家好好读半年书,但她可能需要补习,罗东小地方,根本没有升学补习班。大姐问我如来台南是否比较好,我说台南有很多升学补习班,当然比罗东方便,她立刻说要妹妹来她家好了,她会供应小妹的生活。我北上与妹妹商议,她也觉得到台南较好,辞职后就到台南大姐家住下了。她也报名在一家专为升师专办的补习班上课,那家火车站附近的补习班,是我帮她找的。

小妹既准备升学,也需要钱,我就主动写信告诉三姐,说我已能供应自己的生活,要她不要再寄钱给我。三姐便寄些钱给她,我与三姐还是书信往来不断,但比起以前,好像没那么稠密了。

我不知道妹妹在台南的生活如何,应该是不错的,因为有大姐照顾。我还央告一位以前读过师范学校的同学协助,找了一些升学的参考资料寄给她。过了几个月的一个假期,我回罗东探视二姐,发现妹妹竟然也在罗东。我问她不是应在台南补习吗,她说补习完了,我说不可能,补习要到考试前才结束,现在距离考试还有将近一个月的时间,正好是补习班"三更灯火五更鸡"的时候,怎么说补习完了呢?这补习班是我帮她找的,早问好了上课的时间。她当时有点被我逼急了,只好发脾气说她决定不考了,又用调侃的语调说,她发现自己不是块读书的料,还是尽早死了这个心,免得浪费报名费。

我知道师专不好考,也许她遇到挫折,便不想考了,但鼓励她试试其他学校。当时台湾的技职教育办得很上轨道,以高中程度的学校而言,有近百分之七十是属于技职教育的体系,叫作高等职业学校,男的读工科、女的读商科是很普遍的现象,而且当时台湾的工商业蓄势待发,毕业后很容易找到工作。她听了答应说可以一试。

她完全没有算计到,当然也出乎我的预料,第二天邮差来时她正好不在家。我从邮差手上接到一封给妹妹的挂号信,是从台北省立女子师范专科学校寄来的,光看信封就知道寄来的是准考证。原来她说不考是骗我,她其实报了名,我当时十分气愤,在见到她之后,把我的气愤完全展现了出来。她也知道她在这一方面理亏,却一点都不以为错,反而转个角度用更大的丑话来嘲讽攻击我,除此之外,她又用惯常使用的方式"自毁",不停地咒骂这个家庭与她自己,最后她说没什么了不起的,她就是考上也不会去读。

最后我试着"从宽"来解释,她前面只是说快了,没把报名的事告诉我,或者担心考不上不好看,便闷在心里不讲。我后来便按住性子跟她说,既然报了名还是好好地去考,考上了很好,没考上也没关系,因为所有考试都有一点机缘的成分,不是百分百,我又举出我初中毕业考师范的事,说我也没有考上呀。她有没有听进去,我就不知道了。

隔了几年后,我在南部当兵,得暇会到台南看大姐,谈到妹妹的事。大姐说妹妹在她家住的时候,所有的事都不愿意告诉她,"问了她,她也不告诉你,就不问了"。妹妹从台南回罗东之后就没再回大姐家了,大姐还以为她短期离开会再回来,还把她的床留着。妹妹有只上了锁的箱子,放在大姐家,大姐也从未打开看过。隔了约莫一年之后,大姐托人问罗东的二姐,要她问妹妹还要不要回她家来住，结果有一天，有个自称是妹妹在补习班认识的同学，说受了妹妹的委托来搬她留在大姐家的东西。我问搬了吗，大姐说搬走了，而且从此再没了消息。

后来她有没有去考师专，我当然不知道，即使考了也没有考上则可以断言，这事让我心里难以宁静，这是我们以后长期不相往来的"导火线"。我后来细想这件事，其实我也有错，我的错是老把这件事的重点放在她骗我的上面，我当时很少想或者根本没去想她为什么要骗我。她也许比一般人更胆怯，害怕考不上给人嘲笑，所以不告诉我她已报名的事。她只是心眼多了点，又掩饰得不很成功，不至于完全不能原谅，只要我更细心一点，或者用一点心思开导她，事情也不至于弄得太僵。

我常为自己的莽撞而后悔，我是到了我有了两个女儿之后，才逐渐改了我这莽撞与自以为是的毛病。我与我的女儿偶尔会发生"矛盾"，尤其在她们成长之后，她们不论在学业与生活上，尤其在牵涉某些价值观的问题上，都显示与我有相当的"歧意"。我后来学会按捺自己的脾气，不让它充分发挥出来。我请她们到我书房，关上门，与她们进行父女之间很"理性"的对话，我放慢速度，我告诉她们我有视角的盲点，不是每件事都看得清的，我耐性又心平气和地说我以为是"这样"，但究竟是不是"这样"呢？她们常常在单独又靠近我的状况下告诉我许多心里的话，我终于知道了,大部分是我误会了她们,其中也有她们不了解我的地方。我们检讨为什么会造成这个误会,后来她们通常会流着泪走出我的书房,那时我们的心中都没有委屈了,泪是解脱压力、重获自由后欣喜的泪。

可惜我在那个与妹妹发生矛盾与冲突的时刻,还没有这种"涵养"。我想那时候她其实是有着满腹悲怆的情绪,她看起来玲珑,但其实不太会与人沟通,她觉得没人关心她、了解她,就干脆关上与人沟通的大门,严严实实的,一点气都不透,最后让自己呼吸都困难起来。

妹妹后来学国乐,在那行也颇有些成就。她毕业于板桥的艺专国乐科,当然是很多年之后自己半工半读的。我们后来一直相交不密,再加上有些心结总是无法解开,关于她的事,我无法知道得更具体。她毕业后在几个学校带学生的国乐社团,自己也组织了一个名叫"寒梅"的古筝社,还在"国家音乐厅"演出过。她与三姐后来因母亲新坟的事与我有了往来,但碰到"关键"性的问题,对我还是守口如瓶的,我也知趣地不去细问她们。妹妹后来一直跟三姐住在一起,几十年来,她们已是一对生命共同体了,有一次我问她生活得怎样,她笑笑说还过得去吧。我知道在当下的台湾,要靠国乐的教习为生,恐怕是避免不了艰辛二字的吧。

姐　夫

我有三个姐姐，照理我应有三个姐夫才对，但我三姐与妹妹一直没有结婚，所以说起姐夫来，我只有大姐夫与二姐夫两人可说。

大姐夫叫黄林，杭州人，生前是"空军"管通讯的低级军官，我一生只见过他两三次面，每次又是匆匆忙忙的，那时我很小，老实说印象不深。几次见到他好像都在天冷的时候，他穿着皱巴巴的暗蓝色制服，头已有点秃了，但虬髯满面，有点像画中的达摩祖师。大姐夫在我第二次读初二的寒假死了，算起来是一九五七年的年初，比我母亲还早死半年。

大姐夫死后埋在台南的天主教墓园里，我在读高中后到大姐家，便也随大姐到他坟前祭扫。我读大学时，大姐接到墓园的通告，说人死了只能埋六年，满六年后要去"捡骨"，把骨头改放进陶罐中，墓地要让给新亡故的人用。我原本答应大姐陪她去捡骨的，那时我已经读大学了，但临时有事没赶到台南，我的心愿没达到，我一直觉得对不起这位早逝的姐夫。不过即使我去了，他也有灵的话，也不见得认得我这个内弟吧，因为那时我已变得跟以前很不相同了。

由于他死得早，他几个孩子也很少存有他的记忆，再加上大姐是个不善言谈的人，几次我问起姐夫，想多知道一些有关他的事，她也不太说得上来。"你说黄林呀，他心里就是有话也是很少跟人讲的。"这是大姐对他的整体评论。我想他们亲为夫妻，彼此的了解并不算多，或者了解很深，但不在语言层面。

我一生中曾几次扮演大姐夫的角色，他的大女儿念英与二女儿禹英都是在我搀扶下嫁出去的，我在天主教的婚礼中做她们父亲该做的事。他的儿子兴亚娶媳妇，我代表男方做主婚人，酒宴中我与姐姐坐在首席，轮流接受大家敬酒祝福，当时我想大姐夫如果在，他会多么高兴，也许会像他当年听到大姐为他生下兴亚之后喝得酩酊大醉，跌到稻田里一样。

跟我一生发生密切关系的是我的二姐夫。二姐夫叫赵仁华，是浙江富阳人。他也是军人，与大姐夫不同的是他是"陆军"，在"陆军"当兵比在"空军"要苦，待遇好像也差一些。二姐夫一生似乎都在野战部队服役，从来没有在什么总部呀、学校呀当过班，要是在那种地方当兵，就算当"陆军"也算是"清凉"的。但在野战部队就不同了，光从驻防的地方来说，野战部队是无法固定的，战场在哪儿就开到哪儿，来台后虽没发生什么大战役，但金门、马祖与澎湖诸外岛他都跑遍了，本岛全岛只要是有"陆军"的"基地"在，他似乎也全都待过。

后来由他的叙述，我知道他青年时期之前在故乡富阳与省会杭州都读过"文学校"，后来抗战军兴，投笔从戎到成都去读军校，抗战末期，还随孙立人的远征军出征过缅甸，不过那段事他不肯细讲，我们就不是很清楚，他从缅甸回国后就没再待在孙立人的部队了。我想他在那方面有些"忌口"，是因为后来孙立人没有混好，孙立人出事后，他的部下不得不纷纷跟他"划清界限"。不过我二姐夫当时的军阶太低，只能算作过孙的"部下"，却毫无地位可言，即使秋后算账，也算不到他头上来，就像前清族中有人犯了邦国大罪，被判了个"满门抄斩"，但轮不到他这样的"九服"之外的穷亲戚。

我读高中时有一次听他谈起孙立人，他说孙是个干才，问我知不知道他后来为什么没有干好。我说不知道，他说是因为美国一度想支持他来"牵制"蒋介石，孙自己倒不见得有这个意思，美国一看局势对孙不好，孙算是"扶不起的阿斗"，就放弃了他。

这可把他害惨了，再加上军队中派系倾轧得厉害，由于孙毕业于美国军校，不是"黄埔系"的，最后不但被赶了下来，而且终身被监禁。我问姐夫他自己是不是"黄埔系"呢，他很自得地说他是"中央军校"毕业的，算是黄埔的嫡系。

为了证明这个，他特别打开一个刷着绿漆的木箱，从里面拿出一把像匕首的短剑给我看，短剑的铜制把手正面刻着"成功成仁"四字，反面刻着"校长蒋中正授"，说只有从"中央军校"正期毕业，才能由"蒋校长"亲授这把剑的。我问这把剑这么短有什么用呢，他比了一个朝自己胸口入刺的动作，言下指战败绝不投降，是用它来自杀的，我一时觉得"黄埔系"的人也有人格庄严的地方，不由得人不尊敬。但我后来读了一些"不该读"的书，才知道黄埔的历史固然有庄严的一面，也有不少不堪入目的地方，其中藏污纳垢也很普遍。历史上自诩出身"黄埔系"的军人，在权力的舞台上，从来没有中断过斗争的戏码，而且多是自家人杀自家人。后来到了台湾这小地方，依旧倾轧如昔，自古权力的场域是从不平静的，这是世态的真相。

但在中、低级军官间，像匕首上"成功成仁"这样的文字所提供的信仰与情操很重要，他们比较单纯，需要以信念来维持生命的尊严，或者需要借那些信念来帮他们渡过许多生存的难关。

在我心中，二姐夫赵仁华是个有道义的人，主要是针对我与我们"周家"而言。他在汉口与我二姐初识不久就论及婚嫁,那时正碰上大动荡,他大可带着我二姐双宿双飞而不管我们家人。我们一家包括我母亲、我三姐还有妹妹再加上我,一共四个人,老的老、小的小,对他而言确是累赘,但他把我们一个不少地全带来台湾不说,还把我从愚昧无知的童年养到长大成人。不管他带我们来台是出自命运安排或出自他的自由意志,我都觉得是难事,我一生都得感激他。

这是为什么我在成长之后,觉得自己"智慧大开"了,对我的二姐夫还是不敢造次。他在某些方面的见解,虽然在我眼中总觉得有点愚蠢,但我从来没有对他反唇相讥过,也没在他面前说过太严重的不中听的话。我明知我与他有不同的意见,通常他如问我,我会委婉地说一下,不问我就不说。我并不是慑于他的威仪,他其实也并没什么威仪可言,对我来说,他是我的恩人,我不该对这个我生命中的恩人有任何不敬的举动。

他比二姐大"一轮"——十二岁,所以姐姐以长兄的态度对他,他比我大二十六岁,照理可以做我的父亲了。他跟我二姐结婚后要我不要叫他姐夫,直接叫他大哥。他们后来有小孩了,又要小孩叫我母亲为奶奶,叫我为叔叔,叫三姐与妹妹为"大娘娘""小娘娘",他把岳母当成母亲,把我们当成他的亲弟妹看,这是由于眷区观念保守,有时还会发生像轻视外家这样的举动。

由这些地方，我知道我这姐夫的细致与贴心，他无处不在设法保护我们，与他相较，我的二姐反而显得大而化之多了。

这么正直又老实的人在军中没有"混好"是可以想象的。他在军中的"行辈"不比后来军政一把抓的郝柏村来得低，在读成都"中央军校"时，他们是同期，但一个成了"总司令""总长""参军长"等，最后在李登辉当"总统"时还出任过"行政院长"，另一个则早早退作"白发渔樵"，静坐在空无一人的江渚上"惯看秋月春风"了。二姐夫最后的官阶比大姐夫要高，大姐夫死时还只是"空军"中尉，但大姐夫是在服役的时候死的，他并没有干到退休的年龄，如果一直做到退休，就不会那么不堪。二姐夫退休时是"陆军"中校，这在大陆，该算是不低的官阶了，而在台湾就算不上，台湾地狭人稠，满街军人，有人说在台北随便一张招牌被风吹落，都可能砸到一个将军，校级的军官就更不用说了。

他一生干过最久的职位似乎是营长，我从小在眷区就听左邻右舍的军人呼他为"赵营长"，那时他已经是中校了，直到后来他到"陆军"参谋大学受训，后来又被选去读"国防大学"，眼见升官有望，当时据说能被选到参大及"国防大学"受训是军人极大的光荣，通常前景看好。姐夫有次跟我说军中的升迁规矩，假如中校升上校，是要由"总司令"召见的，而要是从上校升成少将，则更须经过"蒋总统"的"钦点"才算有效。他说"蒋总统"很重视高级军官的长相，绝不让獐头鼠目的人出线，召见的时候会看他是不是块"福将"的料，也会考察他的谈吐是不是合宜而有气度。古人说："贵贱在于骨法，忧喜在于容色，成败在于决断，以此参之，万不失一。"所以他说"总统"召见时往往借故让你咳嗽一声，由声音来判断你是否有决断的本事。姐夫很高兴自己是浙江人，谈吐和长相还算过得去，咳嗽声也短截有力，说完笑笑，好像青云有望、登龙在即的样子，我们一家都为他庆幸。

后来我想他才是中校，即使有机会升上校，也无幸蒙"总统"召见，但他说"总司令"的阅人之术也跟"总统"是一样的。那就好了，我心里想。

但他后来被调来调去，搞了半天还只是升到一个副团长的位置，军阶却再也没升，肩膀上扛着两朵梅花，再也没有动过，而且他这个副团长只是个轻装师的副团长。我记得我服兵役的时候，当时"陆军"野战部队分成前瞻师与轻装师两种：前瞻师又叫重装师，它的兵器与人员充足，是随时准备开上前线作战的；而轻装师就不是这样，轻装师兵源不足，武器配备当然也是凑合出来的，状况有点像明朝的南京政府。明朝表面有南北两个首都，各有六部，但只有北京的才是"真"的，南京的六部尚书，基本只是个备位的性质，当时的轻装师，跟那个情势很像。二姐夫被派任为轻装师的副团长，虽然守土有责，但无兵可管，知道自己是被人当成退休遣散的对象看的，心里就很郁闷，然而军人除了服从之外，一无其他方法可想。他在军中混了一辈子，却没有任何人事背景可言，我觉得那时他有种特殊的萧索气息，是以往我从未曾见过的。

等到我服完一年的预官役退伍回来，不久他也办妥了退休手续而正式退休了。姐姐嘲笑我们说家里一下子多了两个"退伍军人"，当时社会对"退伍军人"的印象不是很好，这名词多少有点负面的意思。我知道这"退伍"两字的含义对我们两人是不相同的，在我是摆脱了兵役的束缚，正式到社会展开我的新生活，前程将不断地对我展开，而对我姐夫而言，退伍是他一生所习惯的生涯的了结。军中是个封闭的世界，所有的训练与生活，都是为作战与杀戮在做准备，一个优秀的军人必定不能适应一般社会的生活，而且越是优秀的越不能适应，这是作军人的困顿。

台湾军人的待遇后来逐渐转好，退休后的福利也不错，然而在我二姐夫退休的时候还不算好，半年领一次的钱，也只能让一个半老的人在乡间勉强度日而已。姐夫退伍后积极再找工作，但一个中校退伍，可以说是高不成、低不就。当局对上校以上的，尤其是肩头挂星的将军，都尽了照顾的责任，譬如安插到公营的事业单位任一个闲职，坐领车马费、顾问费等，对中校以下的，只有说声对不起啦，公营单位哪有那么多闲差呀。说起自己，已是中校了，总不能再到矿区去做个矿工，也不能再顶部车子做司机吧？何况退役时已五十好几了，身体也不再能耐劳吃苦了，所以是高不成、低不就。姐夫后来觅得一个工地监工的工作，监的工是铁路七堵与八堵之间一堆仓库的改建工程，成天在满是沙土的工地日晒雨淋。

这工作似乎没有做得很久，姐姐一个朋友，也是从她服务的被服厂退休下来的人，怂恿他们顶下一间小型的成衣加工厂，总共有十几台机器，说是工人与货源都没有问题，原来主人爱打牌，输了只得折价求现。姐夫认为机不可失，便花尽了他退休金中可以提现的部分，又东挪西借地凑足了一笔钱，把那座挤在三重埔窄巷内的小工厂硬"顶"了下来。他突发奇想地给这个新接手的工厂取名为"民新"。

他在中文这么多的字中间似乎特别喜欢"民"这个字，为他大儿子元元取名叫"锡民"，又说台湾的"国民政府"、大陆的"人民政府"都带个民字，可见民是个好字。至于为什么有个新字，他说《大学》首句就说："大学之道在明明德，在亲民，在止于至善。"其中的亲民即新民的意思，他说他之所以取这个名字是有典故的，说这些话时还不免得意。但不管他给工厂取名多么慎重，经营起来又多么小心，终于还是弄到个血本无归。过了几年才觉悟到，那根本是个烂摊子，任谁接手都无力回天的，自己在做生意这行又彻底是个门外汉,只怪自己一厢情愿误判了情势。

他后来在家住了一阵,偶尔打牌喝酒,但雄心未死,总是想找机会"复出"。这时候一个原来在他部队里做士官的老兵来找他,说他有个做水煎包的独门手艺,又有人来介绍,说在台北的龙江街口,就在中兴大学台北校区附近,有家简单的铺子现在空着,由于是多年的违章建筑,不要多少钱即可顶下,那儿人来人往,在那里做这种小吃买卖不愁没生意。姐夫问既是违建,会不会一到手就被拆了,那人说绝不会,附近都是那一类的小吃店。姐夫被这个"理想"说动,连夜带着老兵奔赴台北,仔细观察地形,回来说十分满意,没多久就又被他凑钱顶下了,小吃店顺利开张。

那家小店确实小得可怜,不要说连洗澡的地方都没有,连上个厕所都得到中兴大学去上,晚上关门歇业,两人用临时支着的楼梯爬到天花板上去睡觉,上面没有窗子,空气不通又热得要死。姐姐几次去看他,都忍不住说又没真弄到没米下锅,何必把自己搞得如此狼狈,但姐夫认为必须忍过成功前的黑暗期,才有成功的可能,他引用孟子那段"天将降大任于斯人也"的话来勉励自己。可怜孟子所指的生存考验,他早在年轻时代已经经历过了,一个快要六十岁的人,孟子就是看到了他,也不忍这样说了。

这事的失败在于那位老士官后来不想干了,想想也许是太苦了的缘故,临走并未把做水煎包的秘诀传授给他。姐夫在连做几锅失败之后,就下定决心再次关门收摊。

姐夫读过《曾文正公家书》,对曾国藩说的"屡战屡败,屡败屡战"的气度很是佩服。我有次告诉姐姐,说姐夫好像没记得失败的教训,随时准备"再起"呢,姐姐也为此烦恼不已。但姐姐告诉我说姐夫短期内是没法再出去了,因为他可以领出的钱都已提光了。姐夫就在家度过了一长段韬光养晦的日子。

厚黑学

几次的失败让我二姐夫觉悟到他对做生意不在行。他在家韬光的日子并不平静，他找来不少"经营术""理财秘诀"之类的书来看，那些书有些写得还算平实，但也有些写得光怪陆离、不太正经的。有次他看书里面写着做生意要心狠手辣，做生意与参与政治一样，都要使用一些骗术的，他似受到"启发"。那时李翰祥的一部名叫《骗术大观》的电影正在上演，他看了后表现出极大的兴趣，不断跟人讨论剧情（姐夫平时没看电影的习惯，会去看这部片子，应该跟他想着"经营术"有关）。有次他跟我说商场上的骗术其实很简单，但运用之妙存乎其心，这与兵法上讲的"欺敌"之术是一模一样的。他又问有位名叫李宗吾的"大"作家我知道吗，我说问这干什么，他说李有部名叫《厚黑学》的书被称为二十世纪最重要的经典,问我读过没有。

我心里在笑,但没有笑出来。这书我在高中的时候读过了不说,在当兵的时候,还在台南关帝庙附近的旧书摊买到一本抗战时期在成都出版的《厚黑学》,蓝色封面上面印着橘色线条,书的内页则是粗黄不堪的草纸,印的字有的已经漫漶了,从版本学的角度说,我那本《厚黑学》如不是"原刻本",也与之相去不远了。那本书还放在罗东姐姐家,我立刻找出来送给他。他开始不相信这本"经典"只有这么薄,而且印刷这么草率,但想到讲奇门遁甲的书、一切武林秘籍,为了掩人耳目,都会"长"得其貌不扬的,也就恭谨接过,精心阅读起来。

隔了约莫半个月之后,他的脑中被书里的"锯箭法""补锅法"等奇技淫巧所充斥。所谓"锯箭法"是讲如何推卸责任:书中说一个人被箭射着了,到外科求诊,医生帮他把身上的箭锯断,箭头还留在肉里,病人问为什么不一起帮他拔除呢,医生说他是外科,只负责皮肤外的事,要拔箭头得找内科去。所谓"补锅法"是教人如何敲竹杠:一个人的锅子破了找人修补,补锅人拿起锅子东敲西敲把洞越敲越大,要挟那位送锅来修的人说,你看破洞这么大,要补的话需要多加钱呀。这是什么"骗术大观"?简直就是耍无赖嘛!但姐夫读起来津津有味,不时在生活中找"实例"来印证书中的理论。

书中又说世上成大功、立大业的只有两种，一种叫脸皮厚，一种叫心肠黑，书名《厚黑学》就是因这两字来。作者在书中举出两个榜样式的人物，脸皮厚的是三国时的刘备，心肠黑的是同时代的曹操，还有一个兼有刘备皮厚、曹操心黑的"集大成"的人物，是谁我已忘了。正巧姐夫在中国传统小说中最熟的就是《三国演义》，闲时常跟他的儿子讲草船借箭、周瑜打黄盖等故事，《厚黑学》所举的人物恰是他熟悉的。他把书中所说的，加上他在日常生活所感悟到的"真理"杂糅在一块，打算学道、悟道后"出山"，正式在尔虞我诈的商场付诸行动，也因而在那一段时刻，他十分亢奋，幻想使他充满斗志。

这样热了一阵，好像并没有什么实现理想的机会，他才体会自古大英雄也有时也命也之叹。他有次感叹说："俗话说，马无夜草不肥，人无横财不富，真不我欺。"大富翁虽然也要靠勤奋，但如果没有第一笔横财作本，是根本富不起来的。第一笔横财也许是得自先人的遗产，也许是碰巧在路上捡到一本存折，一去提，毫不费力地提出几百万块钱来，再用这笔钱去经营，当然时时还得使上脸厚心黑的技巧，终于才能成大功、立大业。但他说除此之外还要机会，不要说第一笔横财也靠机会，后面的经营更得依赖机会。王永庆搞石化工业，是靠发生了世界性的石油危机，国泰蔡家搞保险，是到了人命越来越值钱的现代，假如在抗战或剿匪的时代，人随时就莫名其妙地死了，死了就死了，甚至连家人都不知道呢，有谁会想到人身保险的事呢？姐夫既无资本又无机会，所以连创业的梦想都无法实现。当时的姐夫，确有一点堂吉诃德式的浪漫，看了几本骑士书就想出去做行侠仗义的骑士了。不同的是，堂吉诃德真的剑及履及地出门蛮干，看到风车也杀上前去，最后把自己弄得头破血流还不觉悟，而姐夫却在家里胡思乱想了一阵，也就冷了。还好家里没出了王永庆、蔡万霖之类的人物，姐姐老是说。

姐夫觉得自己怀才不遇，其实他一点也没有经营之才，再加上幸运之神也确实没有光顾他。试想一个退伍军人会有什么经营之才呢？有天他大彻大悟地说，军人一生做的，说好听的是在保家卫国，说难听的尽是在杀人放火，看起来威风不过，但一离开军队，就是废人一个。他说的部分是事实，而且是个无可奈何的事实。后来他越来越能安分地待在家里，就是静极也不去思动了。

姐夫的一生就这样。假如把他一生讲给承平时候的人听，他曾出生入死，也一度充满了变化与险巇，其间经纬万端，叙述起来也惊险万状，令人啧啧称奇。但与他同时候的人看，他的遭遇，却也没什么不寻常之处，老兵的处境，大部分类此，严格说来，他们只像巨浪上的小泡沫，随着海潮聚散起伏，完全是不由自主的。

后来姐姐也从她服务的第一被服厂退休了，她其实一直算是被服厂的"雇员"，没能享用一般军人与工人的退休福利，当时的福利老实说也不算好。她在离开被服厂后，又凭她以前曾做过民意代表的关系到一家民营医院"帮"过忙，不过只待了很短的时间，后来又到一家省立的宜兰商职做过短期的职员，好像只做了一两年，不知道是年龄到了还是其他原因，也不干了。她与姐夫在罗东眷区的破房子里继续住着，直到有一天他们决定把家搬到台北来。

他们决定搬到台北是因为在罗东的生活一片暮气，周围都是退伍的人，小孩都到外地发展了，家里都只剩下老人。二姐的几个孩子有的就业，有的就学，也都在台北，所以也学着人家北迁了。有一次姐姐告诉我一个秘辛，她说罗东眷区因为很多人迁出，都把房子租给别人，里面住的人越来越杂，最后弄到认得的人没几个了。由于军眷宿舍极为简陋，只能租给贫穷家庭，所以里面的乱象可以想象。我问姐姐她的房子怎么处理，她笑笑说也一样租出去了，我问她租给什么样的人呢，她则没有回答我。

他们后来在台北住了三十年，换了三次地点，最早是租房子住，后来买了房子，而且从边缘换到比较核心的位置，再加上两个儿子陆续结婚，后来又添了孙子，姐姐一家可以说是和乐融融，家道日昌。姐夫到了台北后，没再动过做生意的念头，也没静极思动地想去找份工作,他很勤奋,家里的家务大多由他来做,他尤其喜欢清洁,在家忙里忙外,不是拖地就是擦拭门窗。

他没有什么特殊的嗜好,跟一般的退伍军人一样,偶尔会喝上几杯,当然最好是喝金门高粱,那是一种充满记忆的饮料。他说驻防金门时,坑道潮湿,不喝高粱酒必得风湿病,所以驻防过金门的军人没有不会喝高粱酒的。他的酒量不算太大,酒品也算好,喝时总有节制,似乎没看他失态过。他又跟所有外省退伍军人一样,闲时喜欢摸上两圈麻将,而他的牌瘾跟他的酒瘾很像,就是有却不大,他从未有过沉迷牌局的经验。到台北后,因为牌搭子不容易找,所以也少打了,偶尔会转几趟车到他富阳的同乡家中打两圈,因为路远,后来又因为牌搭子一个一个凋零,也无法继续了。

我一九八八年底第一次到大陆,最先访问的是杭州大学,当时杭州大学还没并入浙江大学,校长沈善洪先生是位令人敬重的王阳明专家,与他相谈甚欢。回台后到姐姐家,跟姐姐与姐夫谈起大陆的见闻,他们十分有兴趣。我说杭大在一个名叫天目山路的路上,旁边有条保俶路,在与天目山路交口附近有个车站,我在站牌上看到有到富阳的班车。这事引起姐夫的关心,他问我保俶路是不是通往西湖边的保俶塔的,我说是的,在路头就可以看到那个石塔,他现出兴奋的表情,他说他以前在杭州读中学,学校就在那一带，我的描述把他带到回忆中。过了一会儿，我发现他兴奋的表情转成严肃，他一定由保俶塔想到西湖，由西湖想到提供西湖水源的钱塘江，再由钱塘江蜿蜒而上，到了钱塘江的上游叫富春江的地方，那里有一个叫严子陵钓台的名胜，江北的富阳就是他的故乡了。更重要的是，他听我说保俶路上的公交车站有通往他故乡的汽车，他说在他很小的时候就是这样的。他必定想到许多往事或亲友之类的，也想起他第一次离开故乡到省城的旅途所见，我才知道一个陷入回忆的人的面容，可以变得那么忧悒又庄严，那种表情令人敬重。

　　二姐夫一生有两个特点，其一他虽受过现代化的军事教育，但底子里却很迷信，他相信有鬼，相信在行军的时候会"鬼打墙"。有次他告诉我他曾一个人在路上被鬼迷住，老是走不出来，后来吓得"屁滚尿流"，不得已把尿撒在裤子上，才走出了迷阵，他的结论是人如遇到鬼，小便、拉屎都能解厄。我说假如一整个部队被鬼迷住，总不成要大家都拉屎拉尿吧。他说曾经有一个营的部队晚上路过坟场，走了几个小时直到天亮，才发现还在原地打转。不过人多的话是不会死人的，因为鬼对付不了那么多人。他说最怕是一个人，要是走不出来，就得交出老命了。

　　另外一点，这一代的军人，他们离乡背井、九死一生，其实是"大时代"之下的受害者，却不知道为什么，对让他们受害的组织或个人，他们不但一点也不痛恨，反而一片忠心，维护他们不遗余力，甚至争先恐后地愿意为他们效死。他们对传统道德十分信仰，但对道德的解释往往与人有异，他们的"视野"其实有很大的盲点，他们不读书，但否认自己无知。他们心中既存的道德感，可能来自口耳相传，或者来自血源，所谓"自有生民以来"就有的，也许东方的传统道德自有一种鼓舞愚忠的作用在其中。所有的军人都瞧不起没拿过枪杆子的文人，其实他们一生都受文人、政客的操纵，却也没什么办法，这跟美国名将麦克阿瑟一样，他瞧不起白宫与五角大厦，但一生受白宫与五角大厦的宰制，欲哭无泪。我认识的像姐夫一样的老军人，他们不但瞧不起文人，尤其敌视胡适，因为据他们说胡适主张新文化又带来共产党。

　　有一次我听姐夫与他朋友闲谈，他们说新文化就是只认婊子不认老子，而共产党把我们逼到台湾来，所以都要"反"的。我后来跟姐夫说，当时大陆共产党也在批斗胡适思想，他说活该。我说胡适如果跟共产党是一伙的，共产党就不应反他，他说玩蛇的被蛇咬，养虎的被虎吃，本来就活该。我又说"蒋总统"请他来做"中央研究院"院长，假如胡适那么坏，"蒋总统"就不该请他，他说再伟大的领袖有时候也得使些权谋，用些"招安"的手段，请胡适来是不得不做的，就让他乖乖地做个院长吧，不然坏人就会坏得更厉害……反正他怎么说都有理。退伍老兵都性格倔强、思想保守又爱憎分明，只有你认输，谁也别想说服他们。此后碰到这种问题我便不谈为妙，逼不得已也少说些，免得后来弄成僵局。

我从大陆回来后，他也热衷于到家乡探亲了，有时带着姐姐去，有时一人独往。他自己已经老了，当然没了父母，哥哥与嫂嫂也早不在了，他哥哥比他大很多，我曾听说他小时吃过他嫂嫂的奶，跟我吃过我大姐的奶一样。富阳老家只留下跟他年纪差不多的侄儿及孙辈的人，他分批带回他历年省下的积蓄，帮那些其实并不认他为长辈的儿孙们买东西、起房子，花光了钱也从不心痛。他原本不是小气的人，现在则更为大方，有一次姐姐说，幸好我们不是富人，没有什么家产让他去真正地败。

不过老家方面的需索越来越大，弄到不论是不是他的亲人，只要跟他能沾上一点边的人都希望得到他的帮助，所需金额已超过他能供应的程度了，他自己也有点焦头烂额地穷于应付起来。我记得一次我到他们内湖的家，他与姐姐为此闹得很不愉快。姐夫说某某赎回祖产，还需要人民币多少，某某盖房子还只盖了一半，要再加人民币多少，姐姐说你不是不知道这是无底洞呀，姐夫则说是上次答应了的，祖产已开始过户，没钱就功亏一篑，房子也一样。姐姐说单说这几项，钱你不是已经分次给足了吗？姐夫说没想到原料跟工钱都涨了呀。姐姐说房子涨价还说得过去，祖产过户与原料工钱涨价有什么关系？姐夫说也许发现有更多的地方须塞钱吧。我在旁边听，突然想起姐夫许多年前读过《厚黑学》，也许现在还有记忆，便说："《厚黑学》里不是有一个叫作'锯箭法'的妙计吗？"

"你说什么？"他一时回不过神来。

"你可以用'锯箭法'的方式告诉他们，我已经帮你们把外面的箭锯掉了，要把里面的箭头拔掉，则该去找'内科'了！"我说。

"我记得了，确是《厚黑学》里说的，"他说，"但他们不是亲戚就是同乡，总不能用对付商场敌人的方式对他们。"

"但我看他们也没用亲戚与同乡的方式对待我们呀。"姐姐说。

"我看我还有一张还没到期的保险单，如果提前解约会扣些钱，但本金还是拿得回的，不如提出来给他们寄去。"

姐姐不再理他。这种不晓得拒绝的懦弱性格，自然学不好《厚黑学》，当然更注定他无法成为一个会赚钱的生意人了。所有生财的想法，在姐夫而言，永远停在构想的阶段，如果要实行，往往都是徒劳，这是姐姐对他的评语。

二姐夫的一生，包括许多其他人的一生，从一个特殊的角度来看，忙了一辈子，岂不也是徒劳的居多吗？

竹篱内外

路姐姐与奚姐姐

路姐姐与奚姐姐不是我的家人,在一生中的某段时刻,她们跟我扯上一些关联,那关联也许并不密切,但其中的某些情节影响了我对生命的认识与态度,不能说不重要。

二姐以前在汉口的时候,不知道什么缘由认识了一个朋友,那朋友并不是她二女师的同学,名字叫路师屏,她们一直很要好,到台湾后还常往来。我们后来都随着姐姐叫路师屏为路姐姐,叫她父母为路伯伯、路妈妈。路伯伯名叫路振衣,是"空军"军官,直到我初中毕业,他还没退伍,我只看过一次他穿着深蓝色军装,虽然面容已经苍老,但身体还算精壮,肩上挂的是中校的军阶。当时"空军"的军阶章与现在的不同,中校是一条粗杠两条细杠。

我为什么记得呢?一九五八年我初中毕业的时候,姐姐与姐夫在报上看到"空军"幼校招生的广告,叫我去投考,但报名的时限已过,姐姐央告路伯伯协助。路伯伯打听说还来得及,但报名前须到"空军"单位做身体检查,那天我从罗东坐火车赶到他们在台北临沂街的家。路伯伯穿戴整齐,穿上制服的路伯伯让我有些认不得,他带我到他们家不远的一个"空军"单位,在云和街上,像民间的诊所,而且是日式的平房,外表与一般住家无异。填好表格盖了印章后就开始检查,医官要我在定点站好,拉动两根有五六米的长竿,测验我能否把竿子的那头拉齐,结果是我在这端看以为齐了,而那头还差了一大截。他们告诉路伯伯,说你带来的这位"子弟"不是看不远或看不清,而是两眼不平衡,有这种眼睛是不能做飞行员的。路伯伯问能不能矫正,负责检查的医官摇头,我不必做第二项检查,就被人家"驱逐出境"。简言之,我的从军计划刚一开始就告结束,连"出师未捷身先死"都算不上了。

我悻悻然回到罗东。我小时候是做过飞行梦的,那梦大多是从好莱坞的空战影片而来,我曾一度幻想自己也驾着双翼在天空任意翻腾翱翔,体格检查的结果等于宣告我的幻梦破碎了。我事后又仔细想了想,我的飞行梦其实跟路家也有一点关系,不过并不是路伯伯的缘故,他不是飞行员,何况也太老了。

我记得我还在读小学六年级的时候,路姐姐跟一个"空军"飞行员结婚了,路姐姐还带着那位英挺又潇洒的"飞官"来我们罗东的家，他叫童显文，这名字我觉得文雅又漂亮得非凡。记得是冬天，外头下着雨，童显文害羞地牵着活泼又多话的路姐姐走进我们的家。路家全家是浙江人，但路姐姐却说一口流利的四川话，她把二姐的名字彩和叫成"柴火"，姐姐任她叫，不做更正，我在一旁觉得很有趣。

对我而言，童显文才是主角，他穿着料子是"凡立丁"（valitin）的藏青色"空军"军常服，衣服裤子上的每一条褶痕都熨得平整服帖，雨落在上面一掸就掉了，真不愧是好料子。同样是军人，"陆军"不管怎么穿，都没法这么挺拔。他上衣的衣领上挂着中尉的军阶，左胸口袋上，别着一枚金质的飞行胸章。飞行胸章设计简单，中间是青天白日徽，是搪瓷做的，两边展开的双翅则是镀金的，由于镂刻精细，只要身体稍稍一动，那双金色的翅膀就闪闪发光，真像飞了起来似的，充满了动感，好看得不得了……说实在的，童显文虽然静静地坐在一旁没什么举动，却让我目眩神移，我根本忘了一旁的路姐姐穿什么、说什么了。

隔了一阵，童显文终于开口跟我说话，小学男生的我问他的第一个问题是他开的是哪一种飞机。他说是F-84，中文名字叫雷霆式战斗机。他说的每一个字，对我来讲都是如雷贯耳。F-84是"空军"第一批喷射战斗机，那时还没有后来成为"空军"主力的F-86军刀机，就数它最先进了，坐在我眼前的人竟然是驾驶这种最时髦飞机的人，还有什么更值得崇拜的？我很想知道更多有关飞行的事，但那是大人的场合，能开口的机会不多。我的脑中浮现出雷霆式战斗机的英姿，当然都是从空战电影中看来的。这种战斗机的特征是机翼两端各连着个长椭圆形的副油箱，是为了延长飞行时间而设计的，而这两个副油箱还可以当汽油弹来使用，电影里常见到，当飞机将两个副油箱抛掷下去，地上就形成一大片火海，真是壮观极了。

路姐姐与童显文也许是蜜月旅行恰巧经过罗东，便来拜访姐姐、姐夫。童显文给我的印象实在太"帅"了，虽然只是短短相处，却让我心中兴起波澜，一种"有为者亦若是"的想法盘踞在我心中，时时想着自己也可能有"一飞冲天"的机会。现在想起来，真是太"扯"了，不过这也是我在没有通过身体检查那一关时突然感到沮丧的原因。

还好我没有沮丧太过，我对飞行有过憧憬，而程度还不算太深。几次梦幻飞行，总觉得半空有一朵躲不开的乌云，任我如何抖擞双翼，那乌云还是不即不离地紧跟着我，后来想起，那噩梦也许正是童显文带来的。童显文与路姐姐回台北后不久，就遭到"摔机"的命运，有一次到厦门出轰炸任务，他的飞机被地面的炮火击中，据"僚机"上的战友说他连跳伞都来不及，整个飞机就冲撞到厦门附近的山头上了。

路姐姐才结婚几个月就成了寡妇，想必十分悲伤。她住得远，平时我们见不到，连带想致哀都不可能。我身体检查的那次，先到她家，见到了她，想不到她一身光彩，笑脸迎人，对我说话很亲切，问我姐姐还是"柴火"长"柴火"短的，带着浓浓四川腔，一点都没变。那天她说她不能陪我，要赶去上班，她在一个美军的机关工作，她英文说得好，举手投足都有令我姐姐艳羡的洋派作风。不久路姐姐又结婚了，对象竟仍是个空军的飞行员，姓黎，长相也很好，只是没有童显文的高挑潇洒，却有一种特殊的温和与稳重，也许就是这种气质让路姐姐愿意托以余生的吧。后来我知道了，黎虽然也是飞行员，驾驶的是运输机，不是战斗机，是比较安全的。

我读大学的时候，因为在台北，偶尔姐姐要我带东西给路姐姐，或需要传递什么信息之类的，与她一家就多了些接触的机会。她第二次结婚后，仍然跟父母住在临沂街。有一次我到她家，她正要出门，说要到碧潭，我有点开玩笑地问是要跟谁去划船呀，她正色地问我还记不记得童显文，我点点头，她说当天是童显文的忌日，她要赶到碧潭的烈士公墓祭拜。我后来知道那公墓中埋的是童显文的衣冠，应该叫作衣冠冢的。我那天没有空，不能陪她去。

当路姐姐问我还记不记得童显文的时候，光彩的脸上流出一种我从未见过的哀伤的表情,但只一下子,她又恢复了常态,嘴角又浮起了惯见的笑容,好像一切又无所谓了。她真是个坚强的女性。她那哀伤的表情虽然短暂,却一直印在我心里,直到今天还不能忘怀。从宇宙的角度看,不只人生,所有人类的历史都是短暂的,所以短暂不见得是真的短暂,而绵长也不见得是真的绵长,问题在于事实是否真的存在。苏东坡说:"盖将自其变者而观之,则天地曾不能以一瞬,自其不变者而观之,则物与我皆无尽也。"就是这个意思。还有,她的哀伤让我觉得,她的坚强的生命里藏有极为深沉而值得探索的部分,一个没有哀伤的人生不能算是真实的人生,当时我想。

路姐姐的事先谈到这里,下面我想再谈谈奚姐姐的故事,她们两人彼此并不认识,也无关联。

我少年时代生活的角落,时间看起来是静止的,空气与光线也好像是停滞的,但细细观察,也不真的是那么平静,不时有一种奇特的硝烟气味从陌生的地方传来。气味不是那么清楚,也不知道是从哪里来的,而久经患难的人都闻得到。那种味道令人暗地交换着眼神,看看确实存在而一时发现不了的危险到底藏身在哪里,提醒自己如果发现了,千万不要靠近它。还有要注意周围的人,看有谁被不幸附身,要赶快跟他划清界限,以免连累自己与家人。所以我的四周表面看起来安宁,其实暗藏着紧张与不安,而紧张的事大多因战争而起。

说这些话其实与奚姐姐有关。她跟我一样是跟着姐姐与姐夫来到台湾，她年龄比我大多了，也比我三姐大上几岁，我们认识时她已到了适婚年龄。不久她就经人介绍与她姐夫同团的一个单身军官结婚了，婚礼好像就在我们村里简陋的办公室举行。

男的姓刘，大家叫他刘连长，当然比奚姐姐大很多。结婚的时候是夏天，那时励行克难，没有礼服，男的穿着"香港衫"，女的穿的是她姐姐穿过的旗袍，不很合身，新郎、新娘只在胸口别了朵纸做的红花。由于没有分到宿舍，几个人把村办公室的后方隔出一个房间权充他们的"洞房"，有没有宴客，我已不记得了，婚礼的高潮是大伙儿挤进新隔的房间"闹新房"。眷村已成立两年多了，他们的婚礼给大家带来好久没有的喜气。闹新房的时候，几乎全村的人都挤进那个狭小的房间，挤不进的人闹哄哄地塞在办公室门边窗边，听里面的人为他们做"实况转播"，气氛热烈到病态。里面的气氛举措是不宜小孩的，大人也不准我们进去，我们只好拿了喜糖回去吃。

奚姐姐待我很好，村里的小孩都叫她奚阿姨，她自以为我与她是"同辈"，要我叫她姐姐。奚姐姐结婚半年后，我们村子第四排的宿舍有缺，她姐夫帮他们疏通关节，办了各种手续搬了进去，就成了村里正式的一户了。

我从小学五年级升六年级的时候，正好是一九五三年，刘连长的部队驻防金门，有一天他突然接到命令，要他服役的那个师去攻打福建省的东山岛，东山岛在金门以南，比金门要大。就在抢滩登陆的时候，刘连长被防守的解放军机枪扫到，等于刚踏上陆地就阵亡了，没人收尸，尸体据说被涨潮的海水冲走了。很久以后我读了些资料，才知道那是台湾唯一做到的一次"反攻大陆"行动，而且还一度"光复"了全岛，不幸先盛后衰，最后以全军覆没收场。从此当局口头上虽没放弃"光复大陆"，但都知道要做到确实不易了。

奚姐姐从此做了寡妇，窗上、门上贴着的双喜剪纸还没有褪光颜色呢。起初大家同情她，没事会到她家安慰她。奚姐姐很健康，身材比别的女人壮硕，有一次她哭倒在地上，几个女人又劝又拉地把她哄回家，要她一定要想得开，因为过分悲伤"无济于事"。不过这种同情很快就耗尽了，久经患难的人并不如想象中的慈爱，灾难来时反而心冷如铁。村里有一个不时号哭的寡妇，被视为不祥，大家常暗地做手势，要人不要靠近她，好像她的不幸会像瘟疫般传染似的。有一次我到水井帮母亲提水，所谓水井，只是大家这么叫它，其实是水泥做的大型水槽，那时家里没装自来水，用水得到村子前后两个水槽去取。我在水井边遇见奚姐姐，当时她蹲在旁边洗菜，洗着洗着不知道怎么地竟独个儿呜咽了起来，几个原在池边的妇女纷纷走避。我看她痛苦地倒在一边，半身被盆里的水浸透了，我在旁叫"奚姐姐，奚姐姐"，希望她能够站起来，想不到她听了我叫她，反而更放声大哭。我对她的悲伤完全无能为力，她太壮硕了，我没法扶她，而且我不知道她的悲伤是为了死去的丈夫，还是为了受人排挤的缘故。

奚姐姐住在村里好一段日子，由于第四排的房子在村子的边缘，她也不太出来，大家就不常见到她。后来不知什么时候，好像我在读高中的时候，她一个人一声不响地走了，连她姐姐也说不知道她去了哪儿。

有一次我无意中听到一些有关她的"淫行"的说法，那时她还住在村里，几个太太在我的房间后面空地聊天，不巧被我听到，当时我住在一个已迁居家庭早已停用的厨房里。夏天晚上大家都喜欢端张小凳坐着东拉西扯，不到夜深不进屋里，因为屋里太热了。那晚同样住在第四排的韩太太扯着嗓子说："齐太太你说，像她这样的人，能守到什么时候？"另一位姚太太刻意压低声音插嘴说："你看她胸口两堆肥肉，成天在人前晃晃荡荡，一不小心就会蹦出来似的，我有一次从窗缝里看到，刚洗完澡，自己在上面又捏又挤的，这种女人，真会守下去么？"她虽压低了声音，由于她的话锋利如刀，反而让人听得更清楚。一个太太接着说："姚太太呀，你这个人真怪，没事朝人家关着窗户的里面瞧个什么嘛，小心把自己的火都引起来了呀。"韩太太打趣说："人家姚太太引了火自然有人帮她灭火，姚副营长马上就调回来了，不是吗？"这时刚才被咨询的齐太太说话了，她刚刚隐忍着不说，原来想一语惊人，她说："要我来看嘛，先不要管人家又捏又挤的，你们要看紧自己的救火队，小心不要把他的龙头浇到别人的火头上了呀，哈哈。"大家听了笑开了，就这样你一句我一句，说的都是带着色情意味的双关语，而取笑嘲讽的对象又都集中在奚姐姐身上。

在这样的村子里，我想奚姐姐不被逼死也会被逼疯，所以我在听到她离开的消息后，不禁为她松了口气。但禁不住又想，千万不能去寻死啊，因为我听有人说是有一种可能的，她也许自己一个人到苏澳海边去投海了。

以后就没有再听到奚姐姐的消息了。我大学毕业在桃园的一个中学教书，有一次同事带我到桃园大溪一个名叫斋明寺的地方玩。在里面我遇见几个尼姑，她们招待我们喝茶，其中一个有点面善，她看我一阵后也认出了我，还用我的名字叫我，原来是奚姐姐。她头剃光了，还烧了戒疤，一下子很难认出，但想象为她加上头发，就跟以前的模样没什么区别了。还是很壮硕的一个女子，脸色出奇地红润，只是没我印象中那么高，我当时已比她高了。她后来有机会跟我聊了下，问我目前的状况。她说她从罗东出来，就到新竹的印顺法师门下出了家，今天在此相见自是有缘，她比我记忆中还要健谈,举手投足显出以前没有过的自信。她说她到斋明寺是暂时"挂褡",她的本寺在狮头山上,要我到狮头山玩时记得去找她。我匆忙答应,却忘了问她出家后的"法号"了,我总不能到她庙里去找她时还喊她奚姐姐呀。

都是很久以前的事了。我想起那时她倒在水井旁的模样,又想起眷村那些糟蹋她的话,为她还健康地活着而庆幸。如果奚姐姐的遭遇是不幸的话,她的不幸无疑是战争带来的,眷区里的煽风点火又为她带来另一项不幸。但她后来超越了那些不幸而选择了另一条人生的道路,其结果到底是好是坏,也就人云亦云、莫衷一是了。在世界上,最难回答的还是有关人生的问题。

书记官郭荣仁

以前军队中负责文书事务的人也有阶级的,军官叫文书官,士兵叫文书士或文书兵,他们也有所属的兵科,叫作"军文"科,军文科的徽章是一个小篆的"文"字。这兵科的重要性,不要说不能与步科、炮科(步兵、炮兵)比,就连管军需业务的"军需"科、管通信的"通信"科也比它又大又引人注意得多。军文科的官士,在部队中也通常最不得意,挂这种领章的人,从没看过有少校级以上的,在这行干久了,都显得霉霉的,好像常年被关在阴湿的屋里,从未晒过太阳似的。刚到台湾时,军中还有这类的官士,几年后军队整编,取消了这一科,现在知道有这类兵科的人,想是很少了。

我认识一个曾从事这行业的军人,他名叫郭荣仁,大家叫他书记官,其实就是军文人员的另一称呼,我认识他的时候他已经不在军中干了,不知道什么因缘,竟然到我们眷村的一角自己搭了个违建住了下来。他对人有礼,与世无争,从不卷入村里的纠纷,也从不讨公家的便宜,家里没有电,晚上最多点他自己做的油灯,也从来不用村里水井的水。那时没有污染,溪里的水煮开了是能喝的。他在空地上种植蔬菜,自己吃不完就送人。眷村与外面稻田相邻的地方有一条水沟,是稻田的灌溉沟渠,他引一点水进来,又在他屋子旁边空地挖了个浅池,在里面种了几丛茭白笋。茭白笋远看像高粱,与高粱不同的是种在水里,他种的茭白笋据说用了很多"好"肥料,个儿大之外还又白又嫩的,比街上卖的漂亮多了。每年夏秋之间,茭白笋收成了,他会送给村里的人吃,大家都很感激他。

他又不知道从哪儿学到编渔网的本事,渔网编好后,他就在我们村前的小溪捕鱼。那时我们村前的小溪溪水清澈,荇草处处,里面有不少鱼,溪底则有许多小蚌壳,都可以拿来吃的。他偶尔会把捕到的鲫鱼拣大些的送给我们,那时我母亲还在,她会做宁波有名的葱烧鲫鱼。有一次母亲做好了自己留一盘,另一盘要我给他送去,他千恩万谢地说不敢当,在盘中挑了两条小的,说他一人吃不了许多,我们家人多,不如给我们吃。当时没人有冰箱,食物是不好保存的。

我因此与他熟了起来，偶尔没事会到他那里闲坐。他那里真是乱成一团，由于买不起材料，他的房子其实都是捡拾别人丢掉的废弃物拼凑而成的，柱子不像柱子，屋梁不像屋梁，屋顶没有一处是平的，有几块油毛毡，有些地方则是由破雨衣挡着，逢雨必定漏，而夏日更燠热异常。更加上靠近农田，蛇鼠为患，蚊蚋丛生，有一次他在门旁的一个破陶瓮中发现了一窝小蛇，原来母蛇把蛋生在里面，不久蛋都孵化了。我去的那次他正在处理那瓮小蛇，小蛇跟泥鳅一样不断扭动着，他把它们倒进稻田旁的沟渠中，嘴里说着走吧走吧，好像跟小孩说话的样子。他一定看到我惊讶的表情，回头跟我说不用怕，水蛇都是无毒的。

他告诉过我他是哪里人，但我忘记了，好像是湖南或江西，或者是两省交界的地方，听口音也可以猜到。他后来陆续说了些有关他的事，好像说过曾在家读过私塾，也读过中学，以前读中学得到省城，对乡下的人来说是了不起的大事，中学有没读完我不知道。抗战时他躲在家乡，那时他家乡是三不管地带，除了苦之外倒也平静。因为他有"学历"，就在乡下教人识字念书，成了个老师了。抗战胜利后，要念书的人慢慢增多，乡下也办起学校，他的资历最老，就让他做了校长。我当时说做校长很神气啊，他说有什么好神气的，学校挤在一个破祠堂里面，各年级学生加起来不到二十个，学生有几个走读，有几个家远要住校，他还要张罗那几个住校学生的三餐。还好不算太苦,就算苦,苦日子也有苦日子的乐趣呀,他笑着说。

一九四九年之前的某一段时刻,他的学校驻了军队,军队撤离的时候把他跟另一个男老师一起"拉夫"一样地拉走了。不过拉他的手段还不是很难看,他曾看过拉夫不从就动刀动枪的,要逃便随手给杀了的事,他被拉进军队,有点像被人施了骗术的样子。起初是说要他去帮两天忙,先是以保密为由不准他通知家人,他是有家眷的,他以为随部队到下一据点,帮他们办好到另一学校驻扎的手续就可以回家,部队长临走是这样告诉他的。想不到这部队根本没到下一站就被紧急调往另一地点,那时国民党兵败如山倒,他糊里糊涂地跟着部队越了县界又越了省界,最后撤退到台湾了。

他逼不得已在军中待下去,他是教书的,只会动笔杆不会动枪杆,而且上了年纪,可塑性不强,部队只得让他干"军文"的事务,待了两年,军方与他自己都觉得兴趣缺缺。由于他的老家湘东赣西一带,从民国十六七年之后就是共产党的根据地,当然江山如弈棋,不是没给国民党占据过,但在那个区域总是共产党的赢面大,所以到台湾后国民党对这一地区的人是很提防的。郭荣仁的籍贯不巧正是那里,他又不是自愿从军,是被抓夫过来的,这种人都难免有点心不甘情不愿,"忠诚"度要比别人低些。还好他既无心眼又无手段,他的底细,上面知道得一清二楚,对他便无须过分提防了。不过他也从没受过重视,那时掀起入党风,军中闹得如火如荼的,他不是党员,却从未有人要他入党。他后来申请退伍,很快就得到核准,他退伍时候的军阶是"陆军"军文准尉,当时还有准尉这军阶,比士官大比少尉小。

由于当时还没有建立退伍制度,他根本没有退休金,也没有后来的"战士授田证",只拿了张退伍令就下来了。退下来后在台湾举目无亲,再加上他湘赣之间的方言难懂,也没法找到工作。那时候我们村里的工作由一个被称为"罗处长"的人负责,他是"陆军总部"当时专管眷村业务的"留守业务署"的官员,家眷也住在我们村里。也许罗处长认识他,看他无处落脚,人又老实,就叫他在村里的角落搭一小屋自理生活了。

为了感谢村里的收容,他会为村里打扫卫生,他住的角落与村里的公厕很近,当时厕所没有冲水的设备,秽物都堆积在底下的大坑里,他不时清理粪坑,把厕所弄得很干净。他把掏起的大粪与泥巴和在一起,先摊在厕所边的空地晒干,薄薄一层,太阳大时很快就干了,起初很臭,由于混了泥土,干了就不太臭了。他用这些混了粪便的土种植蔬菜,把菜种得极肥,他有名的茭白笋,原来也是"吃"这种肥料长大的,这是他后来告诉我的。

有次他在院子里整理肥料,我正好到他那儿,他问我嫌不嫌臭,我说不嫌,他笑着说:"你知道,我们今天把不好闻的东西叫作臭,其实错了,古人是把香的东西叫作臭的。古人说过:'其臭如兰',就是这意思。"

我问:"那真正的臭叫作什么?"

"叫恶臭,《大学》有'如好好色,如恶恶臭'的话,我们今天说的臭,古人是叫它恶臭的。"他说。

当时我无法分辨他的话,后来我才知道他说的有对有错。古人说"其臭如兰"的时候,是把臭念成"嗅"的,"如恶恶臭"也是一样,这两处的臭字是指气味而言,并不是把臭当成香。但当时我才刚读高中,还不知道有这层意思,无法订正他,况且我不知道他说这些要做什么。他看我没话说,突然正色说:"我的意思是,假如你嫌我臭,我可以用古人的解释,当你是在恭维我,说我很香呢。"语调尽管轻松,但他似乎很把这话当成真的,他有意把别人的诋毁当成恭维,把别人的瞧不起当成抬举,他心里有一点自嘲,也有点自以为是。当时我想,这也许说不上是他的人生观,但至少是他应世的态度吧。

他有次问我对古书知道多少,我有点害羞地说了说我所读的书,里面的古书不多。我懂得翻阅书籍已很久了,不过老实说都是浮光掠影地乱看,到高中后才比较不需人家引导,能读些真正的书了,但有计划的读书还没开始,而读的书还是以一般读物为主,有几本比较严肃的杂志,还有小说。说起小说,我从初二时开始读台湾当代的小说,其中部分是"言情"小说,浪漫得很,但都一个样,读多了都忘了。大约在初三到高一之间,我读起翻译小说来,其中以十九世纪到二十世纪的法、俄作家的作品为多,读了那些书,自觉视野大开,我向他介绍托尔斯泰与雨果(一度译成嚣俄),还有巴尔扎克与屠格涅夫,在这方面,自以为有点出经入史的味道。他听我说话,起初还注意着我,后来眼神有点涣散了,我知道他不感兴趣,那些外国人名对他而言是很陌生的,就停了下来。

"你读的那些书我都没读过,但小说都是任人胡编而成的,不要去信他。"他说。

"梁启超与胡适都说过,小说对我们现代人而言很重要呢。"我说。

"他们的话,都不要去信他。尤其是胡适,他说过要打倒孔家店,把孔子都打倒了,不是把我们中国人的命根子都刨光了吗?"

"就算他主张打倒孔家店不对,但他说小说很重要没有错呀,梁启超更说小说与群治有关……"我说。

"梁启超的话也不能听,你知道民国初年,他一下子保皇一下子革命,是个投机分子,首鼠两端得很,根本不是可靠的人。"原来他对他们两人的印象很坏,我真不该举他们的例子,但就算梁与胡不是好人,也不能因人而废言呀,当时我想。

"我想你从来没读过小说吧?小说里有好的,一样有微言大义的。"我说。

"我才没有工夫去读那些呢,圣贤书就读不完了,哪还有时间去读那些风花雪月、哥哥亲妹妹爱的东西呀。"他说。他无疑对小说误会甚深,这误会一下子化解不开的。

我不想跟他说什么了。这时我看到他简陋的床上放着一本很旧的《古文观止》,那本《古文观止》是民国初年的石印本,不知道他从哪儿弄来的,全集有五六册,他摊开的是其中的一本。上面那篇是李密的《陈情表》,他看我在看,便问我说:

"你读过这篇没有?读到这篇文章,就知道中国文学之美之善。人家李密只用几百个字,把心中的百般委屈,还有高洁的志向都表露无遗了,哪像小说要用几千几万字来写,砖头一般厚也写不出像他那样高尚的志向,写不出他回肠九曲的委屈。"停了一下他又说:"不断深读默念,才知道像这样的文章,才是天下的至文呀!"

他说完便闭起眼睛把《陈情表》背了一遍,用的是他家乡话,他的话不好懂,但背书却十分好听,显得比"国语"铿锵有力得多。我们高一课本里正好有这一课,所以我对它也是熟的,几乎能跟他一起背,但他有些地方特意拉长了,有点摇头摆尾的味道,我就跟不上了。他背完看着我，问我怎么样。我说你背得真好听。"我问你这篇文章是不是真好，我背得好不好根本不重要呀。"他说，"你知道吗，我以前的老师每背这篇文章都会流泪的，他跟我们说，读《陈情表》不流泪，其人必不孝，读诸葛武侯《出师表》不流泪，其人必不忠。"

我记得我们学校的老师教这一课时，也说了同样的话，但究竟语出哪里，好像并没有点明。

"哪时的老师？"我问。

"乡下教我们读书的老师，算是私塾的老师了。"他说。

"你也会流泪吗？"

"我以前也会的，"他悠悠地说，"不过常年在离乱之中，眼泪早就流光了。我们这一辈的苦难，说起来，不见得比李密的时候少呢。"

他不再说话，眼睛在空中寻索，似沉在回忆之中。我觉得不该打搅他，就跟他告别了。

村子很小，住在里面的人就是杜门不出也会遇见的。我有时经过他住的地方，会听到他在里面用特殊的音调吟哦《陈情表》，声音时大时小，如果吟哦断断续续，表示他在工作，如果把一整篇吟完，就表示他正闲着。

有一年过春节，我经过他的房门，正巧他也在门口，彼此道了声恭喜，他问我要不要进去坐坐，我说好。那天飘着细雨，天气湿冷，他只穿着一件夹衣，长裤上有很大的补绽，屋子在漏雨，他用水盆接着，叮咚作响。我问他冷吗，他摇头说不冷，又问他过年吃什么，他笑着说正打牙祭呢，用手指着要我看。屋角冒着烟的炉子上放着一口熏得透黑的锅子，他掀起锅盖，原来里面正炖着一颗颗饱满浑圆的黄豆，豆子旁边是猪的腿骨，他说过年猪杀得多，那些平常可卖钱的大骨没人要，跟肉摊拿，要拿多少就给多少。他说把大骨敲开来炖煮黄豆，骨髓与油汁都会被黄豆吸饱，这豆子要多好吃有多好吃。

那年我高三，再一学期就毕业了，他问我有什么打算，会不会考大学。我答以一切在未定之天，以我家境而言，就是考上也不见得读得起，何况也不见得考得上。他说没的事，但我把以后的事没想得太满也很好，要知道未来是不可预料的。他怕我不明所以，便举例说："譬如一九四九年之前，有谁会想到我会别家弃子地来到台湾这地方呢？"随后他又说在家乡的时候，台湾这地名连听都没听过，没想到后来到这里，还一下子过了十几年。我特别注意他话里的"别家弃子"，问他在家里还有孩子吗，他点点头，第一次告诉我是一个男孩，民国三十一年生的，停了一下他又说："我以前问过你年龄，跟你同年呢。"

"也高中要毕业了。"我没话可说。

"也许没你命好。十几年不见了,苏东坡说,十年生死两茫茫,不思量,自难忘。人生就是这样,一切不能预料呀。"

气氛有点僵,我不记得那次谈话是如何结束的,正好过年,我不希望引起他太多的愁绪,便找了一个借口走了,想不到我此后虽还能见到他,却再也没机会跟他长谈了。我后来考上大学,到台北上学,毕业后当兵,当完兵到中学教书,教了两年书我便结婚了。有一次好像是暑假将过的时候,我带着妻子回罗东探视二姐,看到厨房桌上一堆新鲜的茭白笋,姐姐说是书记官早上听说我要回来特别送来的。我问她书记官最近怎么样了,姐姐说不太好,身体瘦得像竹竿,人越发老了,不过茭白笋还是自己种的。

我听了连忙跑到他住的地方,在外面叫了几声没回应,推门进去,屋子里面还是乱成一团,却没有人影,也许出去了。他的床上,零乱地放着那几本石印本的《古文观止》,还有几张泛黄的毛边纸,一张用毛笔正楷写着:"外无期功强近之亲,内无应门五尺之僮。茕茕孑立,形影相吊。"另一张写着:"臣无祖母,无以至今日。祖母无臣,无以终余年。母孙二人,更相为命。是以区区,不能废远。"都是《陈情表》中的句子。我问姐姐,书记官越来越老了,要怎么办?姐姐说已有人帮他接洽花莲的荣民之家,他可以住进去,有病的话,花莲也有荣总,一切都安排好了。但姐姐说书记官自己去了趟花莲,看到荣民之家的后面就是荣民公墓，心里很不舒服，就不想去，一直说过惯了一个人的生活，没法与别人住。

连着两天我又去了几趟，他家都是空的，有次还是带着妻子同去。那次我一直到离开，都没见到他。

隔了一两年，我又回罗东，问起书记官，姐姐说他已搬到花莲荣民之家去了。我问他不是不愿与人同住吗，姐姐说还是村长劝动了他，那时罗处长已过世，村里有了自治委员会，也选出村长了。我问她是怎么劝的。"很简单，村长是年轻人，没有什么顾虑，"姐姐说，"一天他跟书记官说，你假如在这里一病不起，要谁来帮你收尸啊？就这一句话，书记官就答应去花莲了。"

隔几年，姐姐一家也迁居台北，原来的村子已物是人非，或者说人非物也非了，当然就再也没有书记官的消息。

商展场的初恋

台北商展要"移师"到罗东举行,时间就从十月二十五日台湾光复节那天起,一连举行六天。这个消息刚出来的时候,便成了小镇最大的话题。广告上说,商展刚在台北展出不久就到罗东举行,是全省"巡回展出"的第二站,可见"各界"对我们罗东的重视。广告上的"各界"指的是哪些"界",没人说得上来,人家何以要重视我们,更是众说纷纭。团体中总有几个人喜欢唱反调,说商展在罗东举办是因为接着要到花莲去办,只不过是顺道路过,没什么特别的意义,但世上总不少有"荣誉感"的人,他们会说,全省有那么多地方,为何不到台中、新竹、高雄那些地方先办?选择罗东当然有特别的意义。这些事吵来吵去都不会有结果的,大部分的人都懒得去管它,但大家都期待有热闹可看,老实说，小镇真是太寂寞了。

　　场地是罗东公园西边的运动场，那座运动场是小镇所有大型活动的举行场所，但空空荡荡地几乎一无所有，只一个勉强看得出有一圈四百米的跑道，和跑道西方的一方水泥做的司令台。这司令台简陋得很，屋顶铁皮老是被台风掀走，有正式运动会的时候再找人给补上。跑道坑坑疤疤的，还好平时也没人使用，真要用了，才运几卡车泥巴来填平，要考究点的话，还会在上面铺上层黑色的煤渣，但都是表面功夫。跑道有的地方硬、有的地方软，长跑还好避免，短跑因为限制跑道，就有幸与不幸了，看到倒霉的选手在跑道上连滚带翻是常有的事。

　　但既是商展，就无须管这类事啦，很快到了光复节。以前光复节都须举行集会庆祝的，有时还要游行，集会的场地与游行的集合地当然是镇上的运动场了。那年因为举办商展，光复节的庆祝会只好改在"罗东国校"大操场举行，晚上的游行也停办了，因为商展也张灯结彩好不热闹，不就等于是"普天同庆"了嘛！

　　我与同村的谭振班早约定了商展第一天就要去玩。谭振班实际比我大四五岁，但以前报户口的时候报小了，上学的时候只比我高一班，他读初三的时候，已经将近二十岁了，却不幸只能跟我们这几个"毛孩子"同玩，对他而言，真是情何以堪！村子里住的军眷，知识水平参差不齐得厉害，有一大部分还不识字，这代表她们的丈夫在军中的地位不高，很多人一直到退伍，还是个连或排级的军官。谭振班的父亲是什么军阶我不知道，记忆中没看过他穿制服，我记得我刚认识他时，他已显出老态，比村里所有男人都年长，已经退伍了，方头大耳而面孔黝黑，热天时身上老是穿着汗衫，或者裸着上身。我到他家的时候，他很少跟我打招呼，总是一个人默坐一方，低头看报。他常用一种竹编的扇子赶苍蝇，有时大声叫谭振班的妹妹端杯水来给他喝，威严得很。

谭振班的妹妹叫谭福清，我问为什么叫这名字，谭振班说是在福建的福清县生的，我随口又问："那你叫谭振班，又出生在哪里呢？"他笑着说他的名字不是地名，问我记不记得小学课本里有课文讲班超投笔从戎的故事，我说记得，才知道他父亲在生他的时候，心里想的是班定远，当然希望他的孩子将来能重振大汉天威之类的事。我看了看他的父亲，坐在一旁阅读不辍的明明是个不理人的糟老头，却对他起了一份尊敬之心。

商展开幕那天，谭振班果然陪着我一起去，哪晓得人山人海，根本挤不进去。靠近运动场附近的几条街，平常没人走的，当时也人满为患，小贩也不知道从哪儿蹦出来，到处都是，乱成一片，光是这一堆人，已蔚为奇观了。我与他挤到大门，头上、身上已满是大汗，绑在电线杆上的高分贝喇叭，不断播着歌曲，夹着喧哗的人声、鞭炮声，弄到耳朵都快聋了。我跟谭振班说还是回去吧，过了今天也许人就少了，明天以后再来，就不会这么累。但他表示既然来了，就得完成预定的"任务"，他拉着我的手，死命地往里面冲。

运动场被帆布与绳子隔成一排排，每排又用木板搭成各种不同造型的商品展示区，其实大的就是商店的店面，小的就是摊位，店面与街上的店没什么不同，只是气氛上有很大的差别，原因是像那样的商店，是绝对不会开在这原本鸟不生蛋的地方的呀。那些店家与摊位有的卖服饰，有的卖电器，也有卖化妆品与清洁用品的，每家都有一两位盛装的小姐，多数穿着旗袍，身上斜挂着彩带，上面有字写着"某某小姐"。譬如卖伍顺牌自行车的，彩带上写着"伍顺自行车小姐"，卖司令牌牙膏的写着"司令牙膏小姐"。只有几家卖小孩东西的"小姐"没穿旗袍，大多以童话人物造型出现，譬如卖白雪公主牌泡泡糖的，就穿着童话白雪公主的衣服，身上的彩带则写着"白雪公主小姐"，真让人觉得好笑，她已是公主了，还叫她小姐干吗？

原来挂了彩带的小姐是"商展小姐"的候选人，好像规定在商展买了多少钱以上的东西会送选票，顾客可以选他们心目中最好的服务小姐成为本届的"商展小姐"，也叫"商展皇后"，当选"皇后"的人除了有"后冠"之外还有一笔不小的奖金。观众的选票还可以参加抽奖，最高奖品好像是裕隆刚发布的一台全新的吉普车，喷成米色的车后板上浮着WILLYS的英文字样，十分耀眼，当然不只这个，还有自行车、电风扇之类的奖品。后来才知道，那些奖品没法当场兑现，商展主办单位的解释是要等全省巡回展览完毕之后才统一抽奖，当场有人吵着说骗人，也有人七嘴八舌地说我买了东西也投了票了，到开奖得等到哪年哪月呀，到时就算中奖了也忘了。我跟谭振班没理他们，到其他摊位继续乱逛，小孩不用担心这类事的，因为我们就算倾家荡产买了几盒白雪公主泡泡糖，也混不到投票与抽奖的资格呀！

我发现谭振班无心欣赏周围的事，他老回过头来，要我跟他到后面看看，我不知道他究竟想看什么。后来我跟他到了商展最后一排，那排的中心点就是运动场的司令台，走到那儿他就不肯走了。商展的好看的东西都在前头，司令台附近只一两个饮食摊子，其他就是厂商的办公处，远一点是临时搭建的厕所，根本没什么可看的。但谭振班在那儿东张西望，也不知道是在找什么，我问他，他卖关子地说："既然要你一起来，就是要让你知道的意思。"随着他脸红了，吞吞吐吐地说他有女朋友了，今天来这儿就是要跟她"约会"。我想到电影里嘲笑约会中的闲人叫"充电灯泡"，正想跟他表示不宜的时候，他指着一方说来了来了，我朝他指的方向看过去，吓了一跳，原来是我们同村的刘忆娟。

刘忆娟跟我同年级，但在初中的时候我们并不同班，初中是男女分班的。后来我在母校升学,到高中时,她就与我同班了。由于她与我个性不同,我们后来同班三年,却很少在一块玩,在初中的时候,我虽然认识她,却几乎没跟她说过话。谭振班拉着我走过去,好像是要帮我介绍的样子,刘忆娟看到我,脸也飞红,她并不知道他会把我带来。谭振班看她不好意思,就鼓起勇气跟她说,我是他在进场的时候碰到的。"都是一村子的人,就是知道有什么关系呢?"他说。我有点不高兴,觉得谭振班不老实,明明是故意带我一起来的,为什么要说是在门口遇见的呢,何况我也不知道他为何要我一道来,是要我提供什么服务吗?或是要向我"示威"?我想都不是。

因为这样,我也无心参观商展了。我跟他们走了一会儿后说家里还有事,不能陪他们闲逛,就一个人走了。出去之前,我看到入口不远处有一个围起来的帐篷,外面广告牌上写着"南美蚺蛇"四个大字,里面在展览一种极大的据说比蟒蛇还大的蛇,介绍文字上说这种蚺蛇又叫森蚺,生长在亚马逊热带沼泽,能生吞活牛。进去参观须另购门票,比电影票还贵。如果开始就发现有这个展览,我就会想去看,但我对刚才的遭遇有点不开心,再看到门口一圈圈地排着长龙,决定这次不看,就直接回家了。

第二天晚上谭振班来找我,说感谢我陪他见了刘忆娟,说刘忆娟也高兴我知道了。"知道什么?"我问,他说:"知道她是我的女朋友呀！"

"有什么毛病呀，是暴露狂吗，要人家知道你们的隐私？"

"这你就不知道了，女人是靠'见证'来生活的，起初她对这份感情也许觉得似有似无的，等看到你已'见证'到我们在一起，就坚信我们之间真的有感情了。"我表示不了解，他说："那当然，因为你现在还没有真正的感情生活呀！"

以后几天，商展还在"如火如荼"地举行，我们的兴味已经淡了。我早上上学、下午放学都会经过展会的现场，上午经过时空荡荡的，而下午经过时，商展场又成了个闹哄哄的世界。过了两天在上学的路上，我觉得有人在跟着我，我回头看，原来是谭振班。他问我以后有没有再来过商展会，我摇头，他说他天天来，而且都是晚上，我问有什么好看的，哪需天天来呢，他暧昧地笑着说："醉翁之意不在酒呀！"我才知道，他以参观商展为名，其实在遂行他的爱情计划。

原来他天天约刘忆娟来商展，据他说他们的爱情"进展"神速，已到了在背着人的地方可以牵手的地步。我问何以致之，他说他带她去看蚺蛇展览，还不到蚺蛇亮相，主持人只盘出几条比蟒蛇小的锦蛇，她就吓得惊叫不已，谭振班为了安抚她的情绪，就"顺势"牵了她的手，一直到出了场她还不记得甩掉。我问后来一直牵着吗，他笑着说后来看到人多，连他自己也觉得不好意思，就不牵了。他很得意地跟我叙述这件事，问我有没有一点羡慕他。我笑笑，刘忆娟长得一点也不漂亮，有点呆，功课也不好，是河南人，据说她父母很老才生下她，她父亲跟谭振班父亲一样老或者更加老，但退伍了还有工作，常年在外。谭振班说刘忆娟已经"发育"成熟，虽然初二，已了解男女的事了。我问他何以知道，他说他用手碰过她的胸部，已"结棍棍地一团肉"。谭振班是四川人，却不知道从哪里学来"结棍棍"这句上海话，说这话时眼神有点淫邪，我骂他下流。

我在商展结束前的一天傍晚去看了次蚺蛇展，是放了学跟两个同班的同学去的。整个商展会场已没什么观众，彩带与旗子显得有气无力的，会场的喇叭虽然还播着音乐，但声音在空荡荡的场所回荡，反而让人觉得寂寥。蚺蛇展的入口有两个看门的在吆喝拉客，说里面正表演精彩的节目，我的同学问是表演"生吞活牛"吗，看门的说当然，我们便买票入场。

原来里面是个蛇类的展览会，笼子里面大大小小有毒无毒的蛇一大堆，几只有名的毒蛇，本地的龟壳花、雨伞节、青竹丝，还有从外地来的眼镜蛇、响尾蛇等，都放在玻璃容器里，怕它们出来咬人。玻璃容器里还有一种身子粗、短头上有两片突出物像耳朵的蛇，说明上写着"彭奎"两个字，这种蛇产于非洲，一次喷出的毒液可以把二十个成年人毒死，是世上最毒的蛇了，我与两个同学都觉得能看到这样的蛇已算不虚此行了。表演节目的高潮是几个人"扛"出一条黄黑斑相间的大蟒蛇，把它缠在一个裸着上身的壮汉身上，那个壮汉有点像健美先生，蛇没上身的时候他不断演示一身贲张的肌肉，那条蟒蛇脾气好得不得了，任健美先生如何摆布它也不生气，只口中吐着蛇信，证明是只活蛇。旁边主持人鼓励观众到前面去逗逗它，说也可以把蛇缠到观众身上的，这蛇很温驯，不会有任何危险，但还是没有人敢，只几个用手摸了摸它。我与我的同学也都摸了，蛇皮正如人说的清凉无比。

我们巴望看到蚺蛇表演，我们知道"生吞活牛"只是宣传的噱头，有谁会舍得拿一条活牛让它吞呢，但主持人说这条"蛇王"因为这几天吃得太好，犯了懒病，因为太大了，几个人也"请"不动它，只好请大家到笼子边观赏。我们几个就到这位蛇王的"御笼"边，笼子跟马戏班关老虎、狮子的笼子一样大，只是里面又装了层细网，那条大蛇确实安安稳稳地躺在里面，一动也不动，连蛇信也不太吐，跟放大了的标本没什么两样。

商展后来结束了。结束隔天正好是"蒋总统"的华诞日，但商展在赶着拆除，到处一片零乱，弄得走过旁边的人心情低沉，总觉得一切都支离破碎的，不像是个伟大节庆的样子。我以后没再听谭振班提及他跟刘忆娟的事，我也没兴趣问他，他们的爱情故事也许一到牵手就结束了。

一年以后，谭振班初中毕业，他考上了"空军"机械学校，从军去了。半年后他穿着深蓝色的"空军"制服回来看我们，领上别着学生的金色领章，领间一条颜色更深的蓝领带，领带下端塞进上衣第二三粒纽扣间。他说照规定学生不能把领带全根垂下，原因是什么他没说，但他的装扮真是英挺。他跟我讲，他们在学校每天都要打领带，服装仪容要一丝不苟，他要我以后如果从军的话一定要作体面的"空军"，因为他们教官说："空军是绅士，海军是流氓。"我问陆军呢，他说："陆军是乞丐。"

我读高中的时候有一次到台北，他要我到他服务的松山基地去看看，那时他已经从机校毕业，成了一个管飞机修护的机械士，住在机场的宿舍里，我在那儿住过一晚。松山机场停的不是战斗机，而是螺旋桨的运输机，每天一大早就听到飞机发动机"暖机"的声音，吵死人了之外，还有又浓又呛鼻的汽油味。我发现谭振班已不像他在机校作学生时的潇洒，他灰色的工作服又皱又破，上面沾满了油垢。我后来在台北读大学的时候，好像也见过他一两次，但在哪里见的，已忘记了。

又隔了二十多年，中学的旅北校友在台北举行同学会，我在会场又再次见到他。那时他已从"空军"退伍，在一家川菜餐厅当领班，说话有点油滑，应该是受商场习气的影响。我问他成家了吗？他笑着说儿子都读高中了呢。我又问刘忆娟的事，他起初好像有点记不得了,经我提醒他商展的故事,他终于记了起来,不过他说:"小时候的事,还提它干吗?"

"你握过人家的手,怎么能随便忘记?"我有点开玩笑地说。

"握过手的人,要都记得的话,哪还记得完呀!"他说。

"毕竟不同,因为她是你的初恋呀。"他听了笑笑,有点羞赧,没再说话。

我后来又问了他一些她的事,他回答得很模糊,好像不是装出来的,这么说来,有关刘忆娟的事我也许知道得比他还要多些,因为她后来读高中跟我同班。在班上刘忆娟很少说话,成绩也不突出,我与她其实没什么特别的交往。倒是一次我趁着与她说话的机会,把话题引到谭振班身上,说"我们"邻居谭振班怎么样怎么样的,她好像并没有太理会,也没显出任何特别的表情。后来我想,他们之间的"恋情"可能是谭振班一人的幻想,在商展见面也许是约了的,也许是碰巧遇到,两人牵手只是因为害怕而形成的反射动作,在刘忆娟这一方,可能真的是没有任何事的。

高中毕业刘忆娟没再读书,她凭她父亲的关系在一个荣民机构找到工作。工作了一阵,竟然一声不吭地结婚了,没人参加过她的喜宴。结了婚后她又迁居香港,在我的同学之间,再也没人见过她。

隔了一阵,我听人说起她的故事,时间是我们高中毕业四五年之后。那时她父母觉得她太内向，鼓励她要开放些，尤其在择偶方面，当然她自己也意识到年纪不小了。不知道是谁起的主意，但必定得到她的首肯，她竟然以自己的名字在报上刊登了一则征婚广告。那时候的台湾，还是男的多女的少，旷男们一看到有淑女征婚就万头攒动，反应出奇地热烈，应征的信纷至沓来。这事的困难不仅仅在起始，而后来的收拾"残局"更是费神，害得她与她的一家人在此后的几个月不得安宁。幸亏他们一开始就决定采取快刀斩乱麻的行动，只用了一个月的时间比对应征者的财力、健康与容貌等条件，很快就找到了适合的对象。让人跌破眼镜的是那位"如意郎君"是个比她大了二十来岁的教授，据说对方名声与钱财都不虞匮乏，也没结过婚，只是不会生活，想"讨"个女人来照顾他，女方觉得很实际，不久两人就结婚了。

　　刘忆娟的婚事，一直是村里人茶余饭后的话题，而且这个话题还持续了好几年，直到整个眷村解体之前，大家还在说个不休。虽然传闻到后来有几个不同的版本，还好结论只有一个：一个女孩如果费尽力气还找不到婆家的话，登报征婚不失为一个最好的办法。但这办法到今天是否仍然有效，就没人敢保证了，因为那毕竟又是几十年前的事了。

竹　敏

　　我与竹敏再见至少是我离开罗东二十几年后的事。

　　那时我在淡江大学任教，一天，一个面容姣好、身材高挑的女生到我研究室来找我，她说她是"大传系"（大众传播系）四年级的学生，打算到美国某大学去深造，问我能否帮她写推荐信。我说我是中文系的教师，与你的专业不同，恐怕不适合做你的推荐人，何况我不记得你上过我的课，我似乎也从来没见过你，推荐信是不好乱写的。她站在一旁静静听我说完，不疾不徐地说：

　　"是这样的，那所学校要两位教授推荐，规定一位是本系的，另一位则要是外系的，所以没有您所说的专业相同与否的问题。"她发音正确，态度和蔼，举手投足已略有电视记者的架势，不愧是大众传播系的学生。她停了一下，不等我发问继续说：

"您说我没上过您的课,这是真的,但那学校并没有规定非要上过推荐人所开的课,所以您只要愿意推荐,资格上是没有问题的。至于您又说您不认识我,这话也许对,但要说从来没见过我,请恕我冒犯,这就有点不精确了。"她说完一笑。

"难道我以前见过你吗?"我问。

"见过的,不是在课堂上,也不是在这个学校。"

"在哪里呢?"

"我很小的时候,您是见过我的,而且据我母亲说,您还抱过我呢。我是竹敏的女儿呀。"

"哪个?"我有点糊涂了。

"我是竹敏的女儿,"她再次强调,"我在罗东出生。竹敏,曾竹敏,你还记得吗?"

我顿了一下,终于想起来了。竹敏,一个比我小五六岁的邻居女孩,直到我高中毕业,她好像才刚读初中。记忆中的她还穿着小学生的制服,带背带的黑短裙,上身是白衣服,跟人说话时总喜欢一蹦一跳的……原来站在面前的是竹敏的女儿,已经这么大了,我突然陷入一种极难形容的纷乱之中。

我看女孩的资料,她名叫李宜馥,其中的宜字,是纪念她在宜兰出生的吧。"你在宜兰生的,对吧?"我问她,她点点头。"你母亲现在好吗?""一般说来很好,但不知道您说的好是指哪些方面而言。"我想了想说:"也是一般的吧。"我有点焦点不集中,都不太会问话了。我答应帮她写推荐信,当然问了她有关学业与经验等的问题,包括托福的成绩,都是很表面的,深的问题一时问不出口,我只好应付着她,约好几天后来拿信,到时再详谈。

关于竹敏的事,我能够想起的并不多,主要是因为她是女的,年龄又隔了我一层。一个人到了三四十岁之后,与异性的关系,反而自由又宽松许多,譬如在年龄上,两人相差五六岁甚至十多岁,即使结婚也不成问题,但在小时候却不然,年龄是一个鸿沟,你无法要一个读高中的孩子跟读小学的孩子说话的。我跟竹敏之间的不熟识,原因在此。但我高中毕业后,会偶尔听到她的消息,大多是有关她如何"叛逆"的事,但我没有很仔细地听。她有一个妹妹叫竹昕,据说就比她安分又温顺许多。

竹敏的父亲曾如涛是原来一九六师的财务官,后来军队整编,一九六师的番号都没了,她父亲就调到"陆军"的财务经理学校,做了几年,大约我读高中的时候他就退伍了,退伍时是中校,以后就一直住在眷村里。我们村子里大多数是"行伍"出身的军人,在军中,严格点说只有步兵、炮兵等才能算是真正的"行伍",因为他们出生入死一点也不含糊,像管财务、管行政甚至管通信、管运输的,外行人看他们穿着军服,把他们当成一样的军人,而部队里是不把他们这样看的。尤其是管财务的,冲锋陷阵时没有他们的份儿，口袋里塞满了钞票，一年四季脸孔上都是油光油光的，哪算个军人呀！这种人得罪不起，发饷时随便找个理由克扣了些，你也不知道，到时倒霉的还是自己。不过曾如涛虽然是财务官，与大家混熟了，大家知道他再随和不过，再加上当时的财务官就是想贪钱也贪不上，上下一片苦哈哈的，跟他相处，也没什么嫌隙。

竹敏的妈妈在眷村中算少数读过书、识得字的女性，口里一片清脆无比的长沙话，那话我觉得亲切，因为我出生在湖南的缘故。我记得我读初中的时候，有次跟她谈话，正好在历史课本读到清末洋人在湖南兴学的事，便问她知不知道长沙有个雅礼学校。我只是随便问问，不期望得到答案，想不到她知道，她兴奋得用高八度的声音说她家就在雅礼学校附近，我问她是不是也读过那所学校，她说："那是洋学堂，我们哪读得起呀！"我有没有问她读的是什么学校，或者问了答案是什么，现在已记不得了。

竹敏小时很漂亮，据说书也读得好。我们村里的孩子，因为家庭出身低，很少像我一样读到高中的。男的读完初中，大多去从军，当时"三军"都有士官学校，专收初中毕业的学生，毕业后就在军中做士官，阶级比军官低，但也算克绍箕裘继承了父业。我大学毕业在桃园教中学，与几个在桃园龙潭第一士官学校任教的老师往来，据他们说士校的水平烂得一塌糊涂，一个朋友说，当时每个人身上有点闲钱都会买张"爱国奖券"来试试运气，有一次他要班上学生在纸上写"爱国奖券"这四个字，全班五十个人竟然没一个能把字写得周全，有几个写"奖券"还得用注音来代替。士校的学生以军眷出身的外省人居多，其次就是山地人（当时还没有"原住民"这一称呼）。眷村的女孩初中毕业通常直接就业，所就的业各门各类，只图有个收入，不求太好的发展，原因是多数女孩在就业了两三年之后，就要准备嫁人了。

而竹敏不但把初中读完，又考上了县里最好的兰阳女中，兰阳女中在宜兰，专收女生，而且是省立的，无论师资、设备都比我读的县立中学要"高档"许多。我在读高中时，我们学生对县里的几个"省立"学校有点瞧不起，我想是心虚之下的投射作用。我们总是用挑剔的眼光看他们，他们的制服比我们好看，我们就视之为"小资产阶级"，他们的老师比我们的凶，学生比我们用功，就被我们看成是"残害民族幼苗"与"揠苗助长"，反正一切都不顺眼。有时候在某些竞赛中赢了他们，心里总会说：怎么样？不是你们才能独占鳌头吧！其实我们不平衡的心理背面，是怀着相当程度的艳羡之情的。

竹敏成绩好，从初中就读兰阳女中，据说她在学校也表现杰出。但由于太杰出了就有点骄傲，有点不太瞧得起人，常常独来独往的，不喜欢与人在一起，她的性格让她父母担忧。竹敏的母亲有次对别人说，竹敏如决心做一件事就一定要做，任谁也无法阻挡，高中时期的女生通常有感情事件，她如有了，是绝对不会找父母商量的。她父母已先为此烦恼了，尽管当时她还没有这类的问题。

有人劝她父母，说你们竹敏功课、操行样样好，还有什么好烦恼的，哪像村里大部分人家的子女，光是初中都读不下去。竹敏妈妈说："成绩好有成绩好的问题，不是成绩好就没事了，跟你们说也说不清的。"想不到果然给她父母料到，竹敏在高一就跟一个同样从罗东"走读"的通学男生发生了感情，当时罗东到宜兰求学的学生都得搭火车，他们上了火车就腻在一起，据说动作十分"火爆"。这消息学校的训导处知道了，自然通知家长要求严加管束。竹敏的父母极为生气，她父亲要她母亲责问她，她听完一副没事的样子，只是淡淡地说："紧张个什么劲嘛，早就吹了。"她没骗人，那段恋情在学校知道的时候确实已经告吹了。

竹敏的事，反正虚虚实实的，她很有定见，不太理旁边的传言，严格来说她是个"敏于事、慎于言"的人。她把真诚藏在心中，她不会欺骗自己的感情，但说出来的话却不保证没有假的时候。因为她认为话是说给人家听的，是应付这个世界的方法之一，这个外在的世界是不得不应付的，只要内心有真的信念，外面的"手段"不妨有些变化。

"火车事件"过后不久,那段恋情并没真正终止,男的是个痴情小子,还在后面跟了好一阵子,最后经她"晓以大义"才不跟了。竹敏的感情生活并没有因此而空虚,她很快陷入另一场恋情,也是邻校的男生,不过也没维持长久,她后来又换了几个伙伴,但都小心地没让不该知道的人知道,家人也被蒙在鼓里,所以一直相安无事。直到她高三的时候,因失物招领的事认识了后来结婚的对象李镜,这事说来充满传奇。

高三下学期的某一天,她不小心把一个书包掉在火车上了。那天她从学校带了两个书包回家,掉的那个书包是装参考书的,不是平时装课本的书包,还好参考书上写了学校与自己的名字。隔了一个礼拜,铁路局通知她到宜兰车站的铁路分驻所去具领,她因而认识帮她办招领手续的李镜。李镜当时是铁路警察,服务的地方正好是竹敏具领失物的分驻所。李镜刚从警察学校毕业不久,在宜兰分驻所担任"一毛二"的警员(我们警察的阶级分警官与警员,制服上的区分是线与星,最低的警员是一线一星,俗话叫"一毛一",一线一星到三星都是警员,一线四星的是巡佐,二线一星以上是各阶的警官了,最高是"三毛四",这是要做到最高警政署长才有的)。

李镜帮她办具领的手续,在其间,彼此都留下好印象,而这好印象在竹敏方面要更多些,因为李镜毕竟年长,比以前她认识的男孩都成熟稳重许多。她在与李镜发展出一种"情愫"之后，觉得自己是一艘"吨位"比较大的船，如果把前面几个男孩比成海港，显然都浅了些又窄了些，不太能够"容"得下她，而眼前这个够深的港湾默默地向她招手。她觉得这个海湾能够容她轻易地进出，她想扬帆他去，不至于搁浅而无法成行，她累了，又可以让她安安稳稳地停泊在里面歇息。

怎么搞的呀，年纪轻轻的还没高中毕业呢，就像久经风浪、疲惫不已的老船了，她自己想起都觉得好笑。她与李镜起先的感情，主动的是她，后来他被她的热情鼓舞得也"热"了起来，竹敏高中还没毕业，两人已分不开，觉得可以为感情而抛弃一切了。

这次不是玩玩而已，竹敏很积极地想求得一个结果，她在父母还不知道的情况之下很直接地"禀告"了他们，原以为坦诚会换取他们的帮助，想不到父母闻讯之后几乎都疯了，不但用最难听的话责骂她，并且对她施行了严格的"禁足"令，不许她再出去，连上学都不准了。他们不知道像罗密欧与朱丽叶的感情原来也许只有十分，经双方家庭不断地留难逼迫，很快就上升到不可挽救的一百分的地步了。竹敏被拘禁在家，使得她与李镜都觉得爱情的自由值得用牺牲生命的方式去追求。

再严密的监牢都可能有空隙，何况是家里。竹敏趁机逃了出去，在男友的协助之下，到宜兰租了间房子住下。她的理由是父母阻止她上学,她为了参加学校的毕业考不得不出此下策。这事弄下去变得越来越难看。女方家长告男方,说他"诱奸"自己的女儿,这项罪名是不能成立的,诱奸罪的受害者是指未成年的人,竹敏已十八岁以上,算是成年人了,何况李镜并没有与她住在一起。控告虽不成,却使得僵局变得更难挽回。

竹敏的父亲不发一言,连平常与邻居的卫生麻将也不打了,她的母亲则被折磨得像疯子一样,人本来就瘦,那时更披头散发弄得自己像个鬼似的。村里的邻居老友莫不好言相劝,她却不听人说,一见到人就有时呜咽有时号啕,用高八度的长沙话连声喊叫,说前世造了什么孽呀,为什么有这么坏的命呀!

但人就是这样,只要不去寻死的话,就一切好办,路只要走下去,就自然有回转的机会,所谓山不转路转,又有船到桥头自然直的话。竹敏逃出去三个月之后,她妹妹发现了她的住处,原先背着父母去看她,后来给母亲知道了,便问了个详细。僵局还在,气还是气,但毕竟是自己的骨肉,便不时叫妹妹为姐姐带些日用品过去,有时还做些竹敏爱吃的菜,要妹妹带去给她吃,原本紧张的关系松动了。后来知道竹敏怀孕的消息,做母亲的连奔带跑地到她住处,一看竹敏家居简陋,不禁抱着她哭了,竹敏也哭,连妹妹也在一旁跟着哭。

竹敏的父母不仅不去告李镜了,还催促他们早办婚事。他们结婚只请了几桌，不太敢声张，结婚后还住在宜兰，竹敏不太肯回到村里来，她母亲也知道，她们在村里有声誉的负担。结婚半年后，宜馥出生了，她母亲为了照顾婴儿，住在宜兰的时间多，那时妹妹在台北念专科学校，她父亲曾如涛一个人住在眷村，有时也会到宜兰竹敏家看看。日子久了，竹敏也偶尔会带孩子回罗东的娘家来省亲，街谈巷议还是有，但已不很强烈。我那时在桃园教书，一次回姐姐家，就在村里看到竹敏，宜馥说我曾抱过她，应该是在那个时候，但我一直没看到过李镜。

几年后，罗东的眷村面临解体的命运，竹敏的父亲也搬到宜兰去了。后来竹敏考上了台北的一个公立大学，读的是商业科系，她半带孩子半读书地完成了教育，大学毕业后在宜兰的一个商职找到教师的工作，就一直做了下去。她后来又生了一个女儿。

我能叙述的竹敏的事，最多就是如此了。我帮宜馥写推荐书的三年之后，宜馥从美国留学回来，打电话给我，说要"答谢"我这个推荐人，约我一起吃顿饭。我当然很高兴见到她学业有成，那时我已转到我的母校台大服务，我们便约在台大附近的西餐厅见面，见面的时候，想不到竹敏也来了，身边还带了她的小女儿，也就是宜馥的妹妹。宜馥的妹妹在一所艺术学院的舞蹈系就读，长得跟她姐姐一样漂亮，只是比姐姐瘦些。

吃饭的时候宜馥说了许多在美国的经历，她已有不少的历练，说已有一家电视台跟她接洽想聘她，我们都很高兴。我问她妹妹的状况，她妹妹有点害羞，不太说话，也许是学舞蹈的缘故，举手投足之间充满了"肢体语言"，十分好看。我跟竹敏说，你有这么杰出的两个女儿，真是好福气呢。她笑笑。

我问宜馥在台北是否有地方住，她说她们在师大附近的和平东路有间"小房子"，她读大学的时候就住在那儿。我说你们在和平东路有自己的房子，是非同小可呀，她看了她母亲一眼，只笑笑。不知道为什么，我其实很想与竹敏谈谈，她虽比我小五六岁，与我到底算同一辈的人，但我从以前算起，好像没如此近距离地跟她有谈话的机会。她当时已有中年妇女的发福身材，但眉宇之间仍有小时候的秀气。我听了不少有关她的传言，那些传言在我心中形成一个结论，就是她能判断、有主张，她勇敢地面对自己的生命，选择自己的生活，不为旁言所动，甚至她年少时为坚持理想而与反对她的家庭决裂。尽管那些消息都是我从亲友间听到的，她在励行"女性主义"行动的时候我已经离开罗东了，而我对她是充满钦服的。但眼前的她，却安安静静，倒是她女儿宜馥滔滔不绝，显得顾盼自如，不论我怎么想法引导她，想要她多说点，她除了客套外很少说话，顾盼之间，一点也没有我想见的"英气"。是时间与生活的压力把她驯服了吗？我当时想。

后来我才知道，英雄的行径，很多是被相反的逆境所逼，当逆境消失，再了不起的英雄也可能变成凡夫俗子。有的英雄后来沉入温柔乡，有的陷入权力旋涡，俯仰一世，以前的百炼钢都化而成为绕指柔了。沉陷英雄的还不只这些，当年的有棱有角的人物，一旦从事商业投资活动，譬如置身股票市场等处，被世俗利益所纠葛，也会把以前的身影忘得一干二净。

我们从西餐厅走出来，正好路过以前的大世纪电影院的骑楼下，我看竹敏抬头往高处望，我问她是在找什么吗，她没说话。宜馥走到我跟前说，她们在这栋大楼的上面有两间套房，是她母亲辛苦攒钱买的，我问给谁住呀，她笑着说是用来出租的，她说她母亲今天来台北，早约好房客要来查看房子。我惊讶地说才没走几步，就看到你们的另外两项产业，回头对竹敏说："到处有你的房子，原来你成了富婆了！"竹敏有点不好意思地说："一切都还不是为了生活嘛？"

生活是什么呢？里面是否包括爱情，包括对爱的坚持与牺牲？当时我想。我对竹敏的一生，并不是多么了解，她也许不是我一向认为的"新女性"，或者她的"新女性"意识只用在自己的某一段感情生活中，在那个领域与时间之外，她其实是一个再平凡不过的女子，那就是她所说的"生活"吧。她们要上楼去，我在楼下与她们作别，我没有时间可以问她更详细，我其实怀疑，如果有时间问的话，我想要问的到底是什么。

曹兴城的故事

我说的曹兴城不是联电的董事长曹兴诚。两个名字读起来一样,但一个是诚字一个是城字,古人说一字千金,这里的一字之差,何止千金,万金、亿金、十亿、百亿都有,真是毫厘之别,相距云壤。

曹兴城是我初中同年级但不同班的同学,我们住得近,颇有些往来。高中的时候他没考好,考上我们县里最偏僻的头城中学,头城中学与我们罗东中学都是县立的,但水平比我们差了一截。

曹兴城曾经住在我们村里,他的父亲原是一九六师的"军需"官,后来部队整编,被调到联勤的宜兰收支处去服务。当时联勤是与"陆海空军"平行的一个军种,由于管的是军队的后勤业务,里面的人都是从各个军种调过来的,所以在联勤服役的军人,陆海空都有。他父亲调到联勤后发现联勤的福利比陆军的好,就连眷村也好很多,在我们眷村房子还是土墙抹白灰的时候,联勤的村子已是木板房了。正好罗东有个联勤第一被服厂,辖下有四个眷村,这个被服厂是从南京迁来的,四个眷村分别命名为金陵一村、二村、三村和四村,他父亲不知道怎么活动的,竟然把家从我们的村子搬迁到中山西路的金陵三村去了。我们读初中时,还常在一块玩,后来读高中虽然不同校,他住的金陵三村与我家不远,总有见面的机会。但我们大概读到高二的时候,就不见他了,据说他父亲官运亨通,调到台北联勤总部更高的位置。当然在台北眷村的条件更好,不过我们就没机会再见了。

后来不知道哪儿听来的消息,说他父亲不是高升,而是因案被捕入狱。警备总部的拘留所在台北,他们一家因为要照顾被押人犯,又随时准备要候传应讯,就搬到台北的亲戚家住。真假对错,因为看不到当事人,所以无法分辨,不过这事就是遇到当事人,也不会跟你说真的。隔了许久,又听几个年纪大的人偷偷地说(这类话都是耳语流传),他父亲其实是犯了"知匪不报,与匪同罪"的罪状,可能已经被枪毙了。大人发觉我们听到了,警告我们不得说出去,我们几个人就连曹兴城的事也不敢再问了。时间慢慢过去,再隔了几年,物换星移,村子里记得他们一家的已没有几个了。

二十多年前,我与一个朋友在台北重庆南路的一家咖啡馆用餐,我看到邻桌有一男子在独饮咖啡,面容很像多年不见的曹兴城,走过去一问果然是他,算算已将近三十年不见了。他也还认得我,我因身旁有友人,无法跟他细谈,只能随便地聊了下,大致是结婚了或者在哪儿工作之类的,他也含糊地应付。我很想知道他与他们家人后来的遭遇,我约他再过两天能否在同一地点见面,他似乎有点犹疑。我知道他跟我一起读初中时,曾单恋过我们同村一个名字里面有"晶"字的女孩,我问他是否知道她的下落,他摇头,但显出好奇的表情,连问我知道吗,我点点头,说我现在没时间跟你细谈,除非下次。他爽快地跟我约好下次见面的时间。

在约好的时间,果然他先到了,那是一个星期一的下午。我已有部分的白发,他的白发也许不如我多,但头发稀疏得很,看得出再过几年要秃了。因为坐得近,我可以比上次更清楚地看他,我发现他的眉毛有一半是白的,甚至连眼睫毛也白了,不仔细看,还迷迷糊糊地以为他有眼屎呢。他看我看他,笑着说我们都老了不是吗,我嘴里说看你精神奕奕,哪能算老呢。我们那时才四十几岁,算是生命中的英年,但他看起来,确实比一般人老些。

他问我那女孩的下落,我跟他说她已结婚,两个孩子,大的已经念大学了,先生在一个"中央"的部会里工作。"她呢?"他问,我不知道他要问什么,他问她有没有在上班,我说刚结婚的时候好像上了一阵班,后来有了孩子就不做了。"她有没有在买卖股票?"我说像这类事我就不清楚了。"这么说来,我看到的可能是她。"他说他几年前在民权东路的一家号子见过她,只是分别太久了不敢相认。他跟我要她的电话,我给了他,我当时想,他打电话给她,聊些少年时候的事也都无妨的,毕竟大家都有年纪了。

我就因此知道他在买卖股票,他说他不是偶尔玩票的性质,他现在已把进出股市当成自己的专业,他的号子在重庆南路书店街附近,下了号子经常来这家咖啡厅。我说买卖股票是有风险的,前些时候,听到几个股市的"大户"都跌得很惨,逼得急了有的都想自杀了。"不要听报上胡扯,要说风险,哪里没有风险?"他说:"投资理财,跟人生一样有风险,这要勘得破才行。"他说的有道理,但人生如果处处有风险的话,为什么在其他风险上我们都寻求逢凶化吉,却对这个风险不加躲避呢,但这个问题我没有再问他。

我有兴趣的是他高二之后的遭遇,他问我知道多少,我说了些我听说他父亲牵涉法律事件的事,我知道的仅仅如此。他问:

"是不是听说家父被枪毙了?"

"我只听说被牵连到'匪谍'案子,后来怎么的,我不清楚。"我其实听说是被枪毙了,但不敢说出口。

"其实当时给枪毙了或许更好些,才不会受更大的折磨。"他悠悠地说。

停了几分钟，我们各喝了口咖啡，他说他父亲有个在台北的老长官，被人检举在大陆"沦陷"前曾参加过"敌方"的组织，他是无意中跟随朋友参加的，后来发现有异，就退出了。他后来追随部队来到台湾，以为以行动证明了自己的忠诚，可以心昭日月了，对那个过程没有主动交代或者交代得不够清楚，本来不会有事。哪晓得后来侦破了一件"共谍案"，与那个组织有关，他父亲的老长官也就立即被逮，那时对"共谍"是宁杀一百也不轻放一人的。

曹兴城的父亲也被传讯到案。曹兴城的父亲真的跟这案子毫无关系，但他不得不承认曾做过那个长官的部属，便被判了个"知匪不报"的罪名，定了个十年的罪。曹兴城说当年军法审判速战速决，虽说有二审，二审复判确定，几乎立即执行，"共谍案"确定死刑后，马上将人犯拖到隔壁的刑场执行枪决了事，他父亲的老长官就是那样被执行的。

"那令尊呢？"我其实应该叫他父亲为曹伯伯，但我从未这样叫过他，他们在我们村里住过，可是他父亲跟我们孩子不熟。

"他被关在牢里，什么苦都吃过了。一直关到八年半才放出来，说是狱中表现良好，可以提早获释，其实以他的本事，会有什么恶行吗？他被关根本是冤枉。"他说，"出来了并不是个好的结局，有什么好呢？工作没了，收入当然也没了，没有退休金，没有资遣,就连最起码的工作都找不到,谁敢用一个涉嫌做过'匪谍'的人工作呢?不是给自己找麻烦吗?"

他说他父亲出来后成了个废人。他眼看着空中,有点自言自语地说:

"台北桥下靠延平北路那一端,每天一早就站着一大堆人,任人当场挑选,要他们去做挑砖头、混水泥的临时工,就不管你有没做过'匪谍'了,只要有点技术与体力就成,但那些工作他做得来吗?我父亲以前在军中学会开吉普车,有人出主意说可以开出租车,但即使入行开出租车也要先做身家调查的,他自然过不了这一关,何况他出来后整天晃晃悠悠,是不是还会开车都有问题,因此就不做此想了。"

"你们的生活怎么过?"我问。

"先是寄人篱下,有一天没一天地过。"后来一家的生活都依靠他,他说。我问他究竟做过些什么,我并不是想探人隐私,纯粹只是好奇。他笑着说他做过的那么多,又零零碎碎的,要他一次说也不知道说不说得清楚。我说,人家电影能够"二十大本,一次演完,不加票价",有什么不能说的?我故意把气氛弄得轻松点了,他后来说:

"三十年来我做过的事可不少,要看你对哪个有兴趣,我就跟你随便说说吧。我演过电影,做过书店的送货员、瓦斯行的送瓦斯工、铁路华山车站的搬运工、乡下地方税收员的跟班、红包场里歌女的保镖……还有就是现在的股市大亨了,哈哈,看看你想知道哪一个?"

我说:"就照你的顺序,你说你演过电影,这一点我有兴趣,先说这事吧。"

"我也知道你对这事有兴趣,所以摆在第一个。"他笑着说,"说起我拍过的电影,大概有二十多部,你不要给吓死,胡金铨的《龙门客栈》与《侠女》里面都'出现'过我,还有《八百壮士》《梅花》里面也有,说到这儿,你该知道我是演什么的吧。说起胡金铨,我认识他,他不认识我,上官灵凤、徐枫还有石隽等那些大明星也是。那时好像是一九六八、一九六九年,胡金铨在李翰祥的国联公司片场拍片,拍的是大场面的侠义武打片,需要很多临时演员,所谓临时演员演的都是大队厮杀时的兵众或喽啰。国联片场在桃园的八德乡,我们一群在士林的中影片场集合,由汽车载我们到八德,随后展开一天的拍摄工作,晚上再载我们回来。像我们这样临时演员一天的戏,说好不管拍多少镜头都是一百块,碰到吃饭发个便当,戏如拍到晚上,就再发一个。当时有个规矩,如果在电影里被杀死见了血,是要给这演员一百块红包的,这使得我们这群演员,每个人都'视死如归'得厉害,争先恐后地争取自己挨杀的机会。死了倒好,身上涂满了红药水或是番茄酱,看起来狼狈,但可以躺在地上闭起眼睡觉,真是舒服。有一天跟导演张彻拍一部什么片子已经忘了,正在拍男女主角对话时突然发现有人打鼾,声音大得不得了,原来是地上的死尸发出来的,弄到那一段只得重拍,你说好笑不好笑。"

"收入好吗?"

"假如天天有的拍,平均起来,收入抵得过一个普通的公务员或老师了,但这工作哪能天天有呀?这行的好日子大概只有两三年,后来争着想做的人越来越多,就不是那么好干了。做这行不比其他,别行很注重经验,这行就不行,你想几部片子里让人看出跟主角对手挨杀的都是同样的几个人,哪还有人想再看呀?不过这行后来不行了,也不见得是这个原因,过了几年,大型的武打片与战争片不再流行,就没有我们这号人物的生存余地了。"

"后来又做了什么呢?"

"其实做临时演员本来就是临时的事,没人能真正靠它来吃饭的。我在做临时演员之前是帮人送瓦斯,就是桶装的煤气,不过我们行里的规矩是不能叫它煤气的,因为煤气与霉气同音,试想送一桶'霉气'到人家,人家会觉得多晦气呀。"他说,"你看我一身黑,就是那时晒出来的。这工作累人又危险,那时台北很多住公寓的,住在六七楼却没有电梯,送瓦斯的得一步一步走上去,有时还得一口气背上两桶,送晚了还得听人抱怨。不过想到自己没有学历,再加上家境如此,只得干下去。"

"你说的学历?"

"不怕你见笑,我在头城中学念到高二下,父亲发生了事,就没再念了。后来到台北,母亲除了哭之外不晓得该怎么办。父亲一涉案,不但他的职务被撤了,家里原有眷粮补给等,也因而全数取消,你想想,这样的"政府",不是让人走投无路吗?不是逼人去造反吗?不过他们也知道,像我们这样的老实人,要想造反也不知道该如何反法儿。"

"我记得你还有个弟弟的。"

"没错,叫兴池,小我四岁,他比我惨。父亲入狱后,母亲照顾不上来,那时他才刚读初一,就把他送给罗东眷村的一个没孩子的家寄养,说好是暂时寄养,但以后有什么不测,就让他们收养,算他们自己的孩子。他们满心欢喜地答应了,他们一对中年夫妻,真盼有个孩子。那家对他很好,但兴池他一个人在罗东,想母亲也想我,我们走了不久,他留书来台北找我们,是一个人来的。他没告诉别人,留书很晚才被人发现,罗东那家人赶忙来通知我们,我们等了两天也没看到他,心里急死了,不巧又碰到父亲的案子要开庭,台北断不了人。不久铁路局通知,兴池的尸体在石城与大里的铁路边被人发现,有人说他可能没买票,在躲验票时不小心掉下去了,也有人说兴池这孩子是孝子,这辈子是来还债的，父亲被判了十年，原本会被判死刑，有这儿子替他死了……"

他停了下来，问我能否允许他抽烟，那时一般的咖啡馆是不禁烟的。我说你抽吧，他缓缓地从衣服口袋掏出烟来，点燃后深深地抽了一口，说：

"听到这里，你大概没兴趣再听我胡扯了吧？"

"真令人心痛啊。"我没其他的话可说，想了一下只好问，"令尊、令慈都还好吗？下次有空去看看他们。"

"他们已没什么好与不好的问题了，两个都成了废人，靠我一个人养活。"他说，"我已经告诉你我没有学历，要谋一点正式的工作，我们家有案子，哪有让我进去的道理？不过以前共产党被国民党围剿的时候有句话，说得真有道理，那句话是：'此处不留爷，自有留爷处。'我是不是说过我做过乡下税收员的跟班，也做过红包场歌星的保镖？"

我点点头，他接着说：

"我在头城读高中时，一个同学的叔叔是宜兰县税捐稽征处的职员，他负责头城镇的屠宰税与娱乐税的稽征工作。一次我在台北遇到这个同学，他知道我们家的困境，就说他叔叔需要一个会记账的助手，问我愿不愿意委屈自己到乡下去帮忙。那工作不是正式的，所以没有身家调查问题，没有薪水，只有'车马费'，是他叔叔自己掏腰包给的,他要我不要问有多少,表示不会亏待我就是。

"我心想不坏,就回到头城,在他那叔叔手下工作起来。工作很简单,只要每天轮流到镇上的几个屠宰场,看看报宰的屠体与实际宰杀的数量是否相符。完税后的屠体,要在皮上盖完税的印章,我则要把每日的进出包括税收的多少登记入案,其实完税章子有人盖,数字也有人登记,我只需查核是否有误而已。当时的税制规定屠宰税与娱乐税是地方税,由地方稽征机构征收,是地方的财源之一,税收也全用在地方,大家看得很紧。我们的工作就是稽查所有宰杀的猪只是否都完税了,并不经手金钱,所以很简单。但里面藏有玄机。

"所有做生意的目的都在赚钱,而舞弊是最好的赚钱手段,私宰又是这行里最赚钱的勾当。只要疏通一下稽查员,明明宰了三头猪却只报两头,就省了一头的税了。你会问猪肉摊上摆出来的猪如果没盖完税印章,不是一下就看出来了吗?要知道绝大多数的人买猪肉不会连皮一起买,譬如内脏、排骨、里脊肉都是不带皮的,卖的人把没盖章的猪肉放在案子下当散肉卖,有谁分辨得出?还有比较小儿科的,税是都完了,但偷斤减两也可省钱,明明一头五百斤,税单上写的是四百五十斤,就省了五十斤的税了,屠宰税是既算头数又算重量的,当然像这样的小事,也得通过管税务的稽查员。

"这就是我同学叔叔的肥厚之处。他后来告诉我,这事做起来不难,只是谋这事、保这事困难,他需要上级的稽征机关'罩'住他,所以整天得跟地方的各种人物混,包括黑白两道,当然不时也得给人甜头。他待我很好,并不因我是外省人而歧视我,给我的'车马费'也很高。他有了我这助手之后,小事由我经手,大事才轮到他,当然大事都跟拿钱有关。屠宰的事大多是清晨,回到他家,帮他把一天的账目处理好,他在稽征分处上班,第二天把我帮他整理的报表资料拿去归档,就算一切OK了,我是他私人的助手,不须跟他去上班的。晚上他常带我到镇上的戏院去看表演,因为娱乐税也由地方管,我们进戏院不花钱。那时台湾不知什么原因刮起一阵歪风,电影院不放电影而改成歌舞团表演,歌舞里面穿插脱衣舞。每到演出脱衣舞时,台上高奏一首名叫《樱桃树下》的小喇叭曲,是当时流行的恰恰舞步,女主角就把身上的衣服一件件扒掉,最后扒到赤条条地一丝不挂,说起来真下流无耻到了极点。但一般小人物都趋之若鹜,每到以敢脱闻名的'黑猫''我人'还有'大中华'歌舞团来了,戏院会打出'请早订票,以免向隅'的广告,大家都知道里面有什么花样,那几家歌舞团来时,戏院几乎座无虚席。你看当时整个社会病态到什么程度?

"我在那里做了一年多,后来他叔叔怕我做熟了也许会'暗盖',这两字闽南话要说成 An-kam,你知道'暗盖'是什么吗?就是暗中动手脚的意思,就找个理由要我不要做了,不过临走给了我不少钱。后来我知道了,这行做熟了,没有不暗下手脚的。不过我离开得正是时候,过了一年,据说他叔叔就出事了。那一年的实际工作,让我看出了台湾其实是个被蛀虫蛀空了的世界,地方的乡镇长、乡镇民代表、警察没有不贪的,有的官员比较清廉是因为贪不着,如果有机会也一定贪,这是我们的基层社会,表面看来一片雍熙和平、相安无事。而后来我也知道,我们的'上层',其实也高明不到哪里去,甚至比乡下的更为黑暗,不过他们比乡下的人更大气也更有派头,比他们更为'人模人样'一些。你知道我后来有机会走入投资市场,里面的秘辛更多得、脏得不足为外人道。"他说到这儿,深深地叹了口气,停了一下才说:

"但怎么办?上下都贪成一团,都在谋自己的私利。但悲剧还不只在这里,这个社会允许别人根本没犯什么错,无端地被拖去监牢,拖去枪毙,却没有人发一句不平之言,更糟的是还歧视他们的家人,要他们在这世界连最起码的生活也不能过。你告诉我,这是什么样的社会?"

我有点后悔激起了他的情绪。我既是社会的一员,老实说对

于这项苦难,我也不是没有责任的。我正陷于苦思该如何方能够让他稍为宽解的时候,他又说了:

"抱歉我失态,我不该这样才对。我现在过得很好,我父母与我同住,也都过得很好。他们两人像小孩一样,只要吃饱睡足了,就安安稳稳地待在家里,从不乱跑。一天一个热心的基督教弟兄带来两个姊妹,到家里来跟他们讲道理,二老手上各拿一本黑面的《圣经》,很安静地听,有时他们会搀扶着二老到附近的礼拜堂走走,坐不住就送他们回来。我觉得很好,虽然我不信教。父亲从几年前开始学写毛笔字,我帮他买了不少笔墨纸砚,他写得不很好,但跟到教堂一样,算是有了寄托。我只要出来,总会到这附近沅陵街口的一家西点店,买一些点心回去,那家西点店卖一种广东冰花伦教糕,他们特别喜欢,说是家乡的吃食,你知道我们是广东人。"他停了一下,继续说:

"你不用替我们担心,我自从进入股市之后,收入大增,我有天跟我已有点痴呆的父亲说,干吗去做'匪谍'呀,不是弄到赔了性命就是像你这样毁了一生,真要颠覆'中华民国',做个股市大亨不是很好吗?股市大亨随便下几张单子,就可以决定一家公司的兴亡,当然也就在操控社会啦。他只要偶尔把几百分之一或几千分之一的所得捐出来做公益,还赢得大慈善家的称号呢。做这行大家都知道要'狠、稳、准',所谓狠是指下手一定要厉害,我每次利用诡计赢了大数目（抱歉我没法细讲这部分），要让自己不会不安的唯一办法是：我估量三十年来这社会亏欠了我父亲、我母亲还有我弟弟兴池一共多少，我要在这个地方把它赚回来，这时再狠也狠得下手了。至于说要稳要准，是要靠信息正确才能稳又准的，要得到正确的信息，不得不乞助于'内线'，而内线消息，老实说是靠做许多卑鄙龌龊的事换来的，这事你多少听说过，以前我不会做的，但现在我心意已决，就没有做不了的事了。不过我每次跟父亲开玩笑，说他当年不该做'匪谍'，这话他老是听不懂，连说他是冤枉，他是不敢做犯法的事的。我跟他说，就是你不肯做犯法的事，才落到今天呀！"

我没问他到底赚了多少，也没问他是什么机缘会变成他所谓的"股市大亨"的。他看了看表说还有事要做，也许下次有机会再谈，便匆匆告辞，我甚至还没问他有没有成家呢。临走他问，假如打电话把那个名字中有"晶"字的女孩约出来，问我有没有兴趣一起喝杯咖啡，我说好啊。我在咖啡厅又坐了一会儿，心想他也许在吹牛，看他的面容与装束，根本没有"大亨"的样子。但世事多变，也有许多是我们掌握不到的，也许他真的赚了很多很多钱，但遭遇如此，就算跟联电的那个曹兴诚一样有钱了，又有什么意义呢？

老兵唐桂元

唐桂元被汽车撞断了腿,开汽车的把他送到博爱医院,照了X光,还好只伤到小腿骨,帮他上了石膏,医生要他在家休息不要走动,顶多一个月到一个半月就好了。他说那不成,要他在屋里不动,只他一人,生意有谁帮他做?没了生意他要怎么活?医生只好商及肇事者,要他拿出一笔钱让他生活,好在唐桂元当时是靠卖红糖粉圆为生,一天也赚不到几个钱,所以肇事的人只花了很少钱就把这事解决了。

村里面听说唐桂元受伤了,大部分人很同情他。他只是个单身的老兵,不是我们村子的正式成员,他退伍后曾在一个他以前的长官家中帮佣打杂,那位长官是个中校,就让他住在那位长官自搭的违建之中。唐桂元当年在军中做过传令兵,传令兵顾名思义是传达军中命令文书的下级兵士,该认识字的,但唐桂元一字不识,他做的这种兵其实叫勤务兵,是帮主管做些跑腿劳务的私事的,有时也得到主管的家里帮忙,挑水洗锅,偶尔下厨造饭,有点像军中的仆役,公私难分。后来有人觉得军中还有仆役,太封建落伍了,就废掉勤务兵这称号,直接叫他们传令兵了。虽然换了名称,事实还是做勤务兵的事。

他在那位中校家里待了两年,那位中校后来调到台北的陆军供应司令部上班,由于顶上校的缺,所以炙手可热前途可期。传说他们不久就会举家迁居台北,中校夫人及几个孩子也常到台北去玩,空着的房子,就由唐桂元照料。

有一段时间,村里常发生偷鸡事件,晚上关在笼子里的鸡会不翼而飞,奇怪的是一点声音都没有,起先还以为闹狐仙了,传说狐仙是专偷鸡来吃的,但只知大陆才闹这玩意儿,在台湾没听说闹过,所以该是遭小偷了。大家判断应是熟人所为,要是生人来捉鸡,鸡一定会大叫不已的。当时怀疑的就是唐桂元,说是他趁主人不在,偷人家的鸡打牙祭了。

鸡被偷的次数增多,村里对他的怀疑与敌意也越来越强,但没有发现任何证据,譬如在他们家丢出的垃圾中找到鸡骨头、鸡毛之类的,大家心里想这唐桂元很有心眼呀,会把证据湮灭得干干净净。好在唐桂元是个粗人,没什么机会出来与别人瞎扯淡,也就不知道村里人对他的态度一百八十度的大转弯了。

这事拖了半年，侦查在暗地里进行。一天大清早，天还没亮，鸡也没啼，住在后面第五排前几号的桑连长起来小解，发现他厨房外的鸡笼窸窸窣窣地有声音，他故意不开灯潜了过去，终于被他逮到，原来是住在第四排的一个周姓人家的孩子。问他为什么偷鸡，他说他爸爸不给他零用钱，偷的鸡一早拿到菜市场卖，让自己有钱花用。问他一共偷了多少，他很老实，说村里的鸡全是他偷的，每次到手钱就花完，他求桑连长不要告诉他爸爸，他爸爸知道了准打死他的。后来桑连长又问他为什么捉鸡的时候鸡都不叫，他大言不惭又有点得意地说，一到晚上鸡的眼就跟瞎子一样，什么都看不到，天黑时抓鸡鸡是不会叫的，桑连长试了试果然，才知道他没说假话。

原来大家误会唐桂元了，村里的人对他都有点不好意思，以后看到他会问唐桂元这唐桂元那的，对他也加倍地亲切了。而唐桂元确实是个粗人，并不感觉村里人对他的态度又变了，依然很老实地在那家打杂。

但好景不长，那位中校果然升了上校，公家在台北配了更好的房子给他，罗东的房子自然不能要了，从此唐桂元失了业。村里的人对他心有亏欠，看他没处可住，就让他住到另一栋早经废弃的破房子中。那栋房子建在村子的角落，原本屋主是搭起来给他八十几岁的父亲住的,后来他父亲死了,房子就空出来了。谣传空屋不时有声响,他老父不时会回来走走,弄到主人都不怎么敢进去。跟唐桂元说好是让他临时住,要是以后改建或者眷村有其他的变动,他得自动让出,不得有异议。

唐桂元从搬到那间"凶宅"住下后,并没发生什么事情。他也学另个寄住在村里的书记官一样,学着编渔网,没事到溪里去捞些鱼虾来吃,但他没书记官的耐性,收获没他的好。后来唐桂元只得改做捡拾破烂,到镇上的各个垃圾桶去捡些玻璃瓶、罐头盒或纸张之类的东西卖钱,以求温饱。以前社会贫穷,垃圾并不丰富,能捡拾的东西不多,所以他生活很不容易。但他跟书记官不同的是,他从军中下来比书记官要晚些,那时的退役官兵已有些许的"福利"可言了,大约每个月有几公斤的米与副食费可领,病了有军医院可住,当然生活不能自主的还可住到偏远地区的荣民之家,养生送死都有人服务。不像书记官下来时,除了一张退伍令之外一无所有。

他与书记官还有个不同,书记官是个知识分子,说话行事自有知识分子的谨慎与矜持,唐桂元却是大字不识一个。唐桂元这个人看到人虽然会有点怕生,不太敢放肆,但只要混熟了,你要让他讲,他是什么话都说的,一点忌讳都没有。他是广西桂林附近的人,据说是湘桂黔三省的接界,而他的话我们听起来像是贵州话，比较容易懂。

他是民国前一年也就是辛亥年生的，属猪，我们认识他时，他其实还没五十岁，但看起来已经是个又瘦又弱的老人了。那时他刚从军队下来，在中校家中住。我们跟他混熟了后，知道他的家乡在他很小的时候就陷入湘系、桂系军阀的混战之中，后来又碰上国共长期斗争，他自己不知从什么时候起，就莫名其妙地跟着一支莫名其妙的队伍"转战"各地了。起初是被部队捉去当伙夫，帮伙食班子扛大米挑锅子，遇到两军对垒也得提枪上阵。要知道子弹是不长眼睛的，他说他在还不知道要杀人的时候已经杀了人，对面的人是谁，自己也没看清，只见部队开拔，踏过的是一具具血淋淋的尸体，有的还没断气，排长要他再补上一刀，他有点犹疑，排长在旁边大声嚷嚷："你不杀他，他起来就杀你！"你能不补上一刀吗？他回头对我们说。

我跟同村的谭振班都喜欢听他说故事，他的故事有点像后来司马中原在广播中说的乡野传奇，除了怪力乱神之外还充满了暴力。他有次跟我们叙述他小时看到活埋与剥皮的事，让我好几个礼拜都噩梦连连。他说以前军阀抓到土匪都活埋，有种酷刑是把活埋的人犯只埋到肩膀的高度，在他头上切一长条缺口，往里面猛灌水银，水银会沿着皮肤内层向下流，把人犯的皮肉分开。这时行刑的人叫手下猛踩人犯旁边的泥巴，犯人的皮陷在泥中，而没皮的身体会被挤出来，处这种酷刑是要技术的，只用来对付十恶不赦的土匪头子。"挤出来会怎么样？"谭振班问。唐桂元说："血红的肉身还会往前面跑咧。后来看到自己身上没有皮，想想算了，就倒在地上死了。"

又一次，他说他抗战初年跟自己的部队走散了，他装成老百姓，在江西长江沿岸的沦陷区待过，那时他已经二十几岁了，他看过日本军人处决我们中国人。他说：

"日本人杀人不喜欢用枪，有人说子弹比银子还贵，不对！日本人都自以为了不起，骚包得很，老说他们的武士刀多快，处决人犯喜欢砍人头。我看到的那次，一个日本人要三个中国人肩靠肩地跪在一起，他一挥刀，三个人头应声落地，每个人的血溅到一丈多高，溅了那个日本人一身，三个人因为跪在一起，头掉了人还不肯倒，到后来，日本人连踢带推才倒了。"

谭振班问他看了气不气，他用充满恨意的口气说：

"我肏他祖宗三百代，哪个中国人不气！"他叹了一口气说，"我们当时手无寸铁，要是有枪在手早跟他们对干了。不过我们老祖宗说：'君子报仇，三年不晚。'又说：'不是不报，时候未到。'你小日本给老子记住，以后我们中国人一人一泡尿，都可以把你们狗日的日本杂种活活淹死！"

反正乱七八糟的，有些事件经他叙述起来，会依场合及他的兴奋程度而有所不同。我曾听他讲过几遍日本人杀三个中国人的故事，大致都相差不远，证明他或许真的见过，但里面的几个数字都不可靠，譬如说被砍人头的血"溅"到的高度，有时是几丈，有时是几尺，有时没有单位，只说"老高老高的"。至于他说的用水银剥人皮的事，我后来也听别的老兵说过，恐怕就不见得是他的亲身经历了，可能他也是在军中听人说来的，反正时间久了，真真假假都糅成一块，弄到连他自己也无法分辨了。

唐桂元自从车祸受伤后，有很长一段时间没看到他人，据说因为年老了，再加上营养不良，复原得很慢。后来稍微好了，能够出来了，但受伤的那只脚跛得厉害，就是以后好了，看来恐怕没法避免成个瘸子。

他在捡拾破烂的时候，生活十分困窘，屋子内外免不了堆满了废弃物，又臭又脏，当然影响了环境，弄得大家不满，有人通知他不能这样下去，眼见他可能被人逐出的时候，想不到有了转机。罗东有个专门卖红糖粉圆的挑子，挑挑子的人是一个台湾老汉，偶尔会到我们村子叫卖，用闽南话叫，声音原应是"Hun-yin"，但连读把前面的子音与后字的元音结合，成了"Hu-ni-"，以汉字来相况，就成了"呼泥"了，而"泥"字要拉长了读。老汉卖的粉圆是他自己磨的番薯粉做的，糖水是由红糖慢熬出来的，其实是粗东西，价钱便宜得很，几毛钱一碗，但不论什么时候吃上一小碗，都觉得很舒服，小孩尤其喜欢。所以这粉圆不只如郑板桥说的是"暖老温贫"之具，小孩听到老远有"呼泥"的叫卖声，都兴奋得流着口水，希望立刻能够吃上一碗，所以卖"呼泥"的一到我们村子，锅子很快就见底了。

有一天老汉到我们村子做生意，有人问他为什么几天才来一次，他用半生不熟的"国语"回答说，他住在北城（罗东的一个里，在浮仑里的西边，其实在镇西），一锅粉圆挑出来很快就卖完了，所以没法每次都卖到我们村里。那个人又问，假如有人想"批发"他的粉圆，也同样做这生意会怎么样，老汉说那求之不得啊，因为多做几锅粉圆，对他而言是再简单不过的事。这就促成了后来唐桂元做同样的生意了。

唐桂元的粉圆是从老汉那里用钱"盘"来的，小小生意一部分等于是为别人做，尽管如此，收入还是比捡拾破烂要好多了，而且屋里不再堆脏乱的东西，自然受到大家的欢迎。唐桂元做生意的对象也以我们村子为中心，前后左右"辐射"出去并不太远，他也学老汉用闽南语叫他的粉圆，"呼泥""呼泥"地喊个不休，对孩子而言，那是个快乐的呼声。

本来是个好的结局，想不到出了那次车祸。车祸让唐桂元"卧病"了三四个月，而且变成了个瘸子。那时人心忠厚，人家已给过钱了，就认自己倒霉，问题是"呼泥"担子不能挑了。他后来捡来一辆人家废弃的两轮车,原本是个拖车,要人帮他改了改,把锅碗放在车上,仿佛又能做生意了。但做了几次,跛了的脚走路累人又走不快,何况他说受过伤影响到"中气",使他不能放声吆喝,这小生意不吆喝是不太能做的。

"万般皆是命,半点不由人。"他不知道从哪里听来的一句话,从此挂在嘴上。有次我听他跟人家抱怨,说有些事就算是好事,也千万不能去做的,人家问他是哪件事,他说就是两年前楚副连长投水自尽的事。

楚副连长退伍前不久才结婚,娶的是一个马祖姑娘,是在马祖驻防的时候认得的。没想到几年后她嫌他老又穷,跟一个在台北做生意的同乡跑了,楚副连长气不过,一天晚上到溪流的上游跳水自杀。尸体后来经过村子,被冲到下游一点的水闸附近才浮起来,由于村里的人多不谙水性,唐桂元以前在溪里捕过鱼虾,再加上村里给他住,都认为有恩于他,他又是个兵,也叫得动他,就叫他把浮尸捞起来。唐桂元碍于形势,不得不下水去把那位副连长拉到岸边,又在一群人各有意见的指挥下,"遵礼成服"地把他送到火葬场。他说:"就是这个事,事前没有烧一根香,事后没有烧一张纸,阎王派来的小鬼还以为我抢它要带走的东西咧。"别人安慰他说:"小鬼早牵了他的亡魂去交差了,绝不会降祸于你的。以前善堂做善事,专门收无主的尸首,你让楚副连长入土为安,算是做了大功德呢。"但不管别人怎样安慰他,他都不为所动,依然认为像这样的善事不管有多大的功德,还是不做为宜。

有一次他跟我自述他自己的一生,好像真的是倒霉的居多,他说:

"你假如可以的话,帮我评评理看。我这一辈子,不好的事不敢说都没做过,要说坏事,是断断不敢的。"停了一下他又说,"我没有读过书,可是我从来没有撕过书,走路的时候看到地上有纸,绝对不敢踩,要是看到上面有字,一定捡起来,等下拿火来烧掉。这是我小时候,家里大人告诉我的。哪里像他们当兵的,有时还拿有字的草纸擦屁股,我跟他说字是我们孔夫子留下来的,孔夫子是圣人,他的东西怎么可以拿来擦屁股。"

我知道那是旧时代的"惜字"的规矩,以前识字的人不多,但对文字是绝对尊敬的,我记得我母亲也说过类似的话。他想了想又说:

"以前村里的一个长官,我还是不讲他的名字好。"他把村里面住的所有军人都叫长官,原因是不管谁的军阶都比他高。他说:"那长官有天跟我说,唐桂元,我们家养的那只黄母狗,已经老了,你晚上帮我牵到河边,用水闷、用棒子敲随你,明天用茴香、老姜煮一锅吃了吧。我说老长官,你行行好吧,我没有杀过狗,而且一辈子没吃过狗肉呢。老长官不信,说哪有当兵不吃狗肉的,看我真的不敢杀,就叫在我们村子开理发铺的陶生海杀了,他是把狗蒙在麻袋里用木棒活活敲死的,真作孽啊!"

这两件事彼此不见得有关联,他用以证明自己的道德感,他自信没做过太大的坏事,却厄运连连。他确实也用上面两件事来"倾诉"自己对命运的怀疑,虽然表达得不很清楚。他不断说,为什么像他这样的一个人,却有着这么不尽如意的命运呢,他想听听我的意见。

我当时不太能回答他,我只有婉转地告诉他,命运是不能只看当前的。我说:"你不是说过'不是不报,时候未到'吗?前面还有两句,是'善有善报,恶有恶报',就是说你的善报现在还没到,以后一定会到的呀。"他只似懂非懂地"喔"了一声。

我到读大学之后才开始读《史记》,当我看到《伯夷列传》里面说:"或曰:天道无亲,常与善人。若伯夷叔齐,可谓善人者非邪?积仁洁行如此而饿死。且七十子之徒,仲尼独荐颜渊为好学,然回也屡空,糟糠不厌,而卒蚤夭。天之报施善人,其何如哉?"才知道有关命运与施报的事并不是那么简单,这里面夹缠着许多因果的纠葛,不只唐桂元看不透,就连中国最伟大的哲学家与史学家都怀疑的。我记得莎士比亚也借王子哈姆雷特之口说过:

> 是存在还是消亡——问题的所在;

> 要不要衷心去挨受猖狂的命运
> 横施矢石，更显得心情高贵呢，
> 还是面向汹涌的困扰去搏斗，
> 用对抗把它们了结？
>
> （孙大雨译文）

不论安于命运还是与命运相抗，都是英雄的困扰，尤其在生死得舍的关键时刻，这事情是没人能解释清楚的，凡人如我们，还是不要为此过虑吧。我想回罗东的时候去找唐桂元，把这消息告诉他，但我怀疑他是否能听懂，因为就连我自己也很难把这个思想理出头绪来。一次回家的时候我问姐姐，姐姐说村子自上次台风后要改建，唐桂元就被迫搬出了，究竟去了哪里，她也不知道。"看他后来身体很坏，连走路都有问题，或许已经死了呢。"姐姐说。

余 光

风的切片

叙述记忆其实是难事。记忆是一个整体,叙述的时候必须将它一片片地切下,即使是一块肉、一棵菜,切下来后便再也拼不完整了,就算拼凑起来,也只算是死的标本,生命已荡然。何况记忆大部分的时候更像一阵风,来无影去无踪的,要想将风片切下来,岂不完全是一件徒劳的事吗?

既是记忆,还是要"记"的。我的台湾经验其实并不是始自宜兰,然而我从小学到初中、高中几乎全在宜兰的一个小镇上度过,要唤回我最多与最初的记忆,不论是痛苦的、愉快的,或者既没痛苦也没愉快、已朦朦胧胧变成迷糊一片的(多数事物在记忆中的样貌),那些事的发生地都是以宜兰为主。

宜兰县其实是由群山所隔出的一个三角平原,"孤悬"在台湾岛的东北角，平原中间有条浊水溪从西到东流过，后来为了区别台湾中部的一条同名的河流，就改叫它兰阳溪了。兰阳溪很宽阔，在台九号公路经过的地方大约有一公里多宽的样子，汽车要是过桥就要走很久。桥下河床上裸露着大大小小的石头，水流量不大，台湾的河流大都是这个样子，要等台风来了，水面才会浊浪滚滚地宽广起来。宜兰县在台北的东南面，距离台北并不很远，坐火车一趟，以前就算火车走得慢，也只不过四个小时的样子。但我小时候在宜兰，觉得到台北极其遥远，到一次台北，有上一次天堂的感觉，那种遥远不见得是地理上的距离，而是心理层面的事。

我们一家随姐夫的军队从一九四九年"撤退"到台湾，在到台湾之前，我们还在海南岛停过一个多月，那时的海南岛到底是什么模样，现在已记不太清楚了。只记得从海口登船的时候，必须从港中搭小船到外海换大船，军事术语叫作"换乘"，乘要读成去声。换乘时必须由绳梯攀爬上船，大船的绳梯很不好攀，一不小心就会落海，很小的小孩没有力气攀的，都是由大人"抛"上大船，上面的人没接好，掉回小船一定受伤，万一不幸掉到海里，就很难再捞起来了，所幸我们这条船除了损失几件行李，没有人落海。我们从海南岛经过金门再到台湾，旅途充满不确定感，常常有预料之外的事发生，可说是诸苦备尝。但吃苦与担忧是大人的事，小孩只觉得好玩，不断调换人物与风景，像站在万花镜前面，让人目眩神迷。我们那一代人的童年特别漫长。

我们刚到台湾，曾在上岸的基隆待过几天，就"住"在基隆火车站的月台上，同属军眷的一位妇人，就在火车站月台生下她的第一个小孩，是个男孩，大家帮她用白布与床单遮着。我听到小孩初次啼哭的声音从布幕后面传出来，感觉很近，又像很遥远，有点像猫叫，只是更急切些。更远处有各式轮船的汽笛声，声音有高有低，长长短短、断断续续地从潮湿又有咸味的海风中传过来。

几天后我们被迁往中坜的平镇（用被动的语气是指所有的迁徙都不是自主的），那里属于桃园县，我们在那儿的乡下住了不到半年。平镇有间"南势国校"，我们全住在学校的礼堂里，没有隔间，行李箱子上搭着简陋的床板，像轮船上的大通铺一样，我们白天四处游荡，晚上上来睡觉，蚊子多，每"户"搭起大大小小、五颜六色的蚊帐，零乱得很。中餐、晚餐是由伙食团供应，菜与饭都"打"到大通铺上解决，大人小孩，吵成一团，当时好像没有早饭供应。

伙食团的厨房是露天的，就在礼堂边上，主持厨政的是军队的兵，大家都叫他们伙夫，伙夫虽然穿军服，但都邋遢得不得了。厨房每天煮便宜的包心菜，菜帮子、菜叶、菜心一起煮，像把白纸煮成烂糊，里面一点油都没有，难吃得要死。有一次不知什么原因说要打牙祭,伙夫捉来十几二十只鸡,拿刀在每只鸡脖子上一抹就丢在地上,让它们又跳又蹦地在火灶旁边的空地上流光了血而死,最后淋上滚水再拔毛,动作都恶心极了。饭里面经常有米虫,米虫长得跟米饭一模一样,只比我们吃的"在来米"要白些,而且头部有一个小黑点,大人狠命扒饭,都看不太出来,聪明的小孩会把它挑出来,但怕挨骂不敢让大人知道,有的大人会说吃米虫有什么关系,米虫也是吃米的呀。三姐与我还进入"南势国校"读了几个月书,最后三姐竟拿到这所学校的小学毕业证书。

后来我们又不知道什么原因被迁到东部的宜兰县,在几个不同地点"浪迹"过。首先我们住在一个叫作五结的乡下,我也糊里糊涂地在"五结国校"读了几个月的书。我们在五结的时候与其他军眷分散,借住在一户农民的家里,不太能听到"外面"的消息,住久了后,我们也逐渐融入了农家的生活。母亲学着屋子的主人养鸡,房子四周是竹林,竹林有很多虫可吃,就不太需要喂食。夏天下雨前,天上飞满了蜻蜓,蜻蜓飞累了会停在竹叶上,只要一伸手就可以捉住,我们小孩把抓到的蜻蜓翅膀扯断,丢在地上喂鸡。不久我们家的母鸡孵出一窝小鸡来,毛茸茸的黄色小鸡十分可爱。后来家里又养了鹅,听说要把鹅养好,必须把给它们吃的菜或青草高高吊起,这样鹅就会不断长高。当时有一种专门拿来喂鹅的菜,闽南话叫它"鹅仔菜",田里到处都是,长得很快,后来我才知道这道菜在《诗经》里就有了,《诗经》叫它"莪",就是"蓼蓼者莪,非莪伊蒿"中的莪,我们祖宗早就吃了,根本不是专门给鹅吃的菜。家里养着鸡与鹅,便有安定下来的感觉,这是我们一直欠缺的,我们家已经连续奔波两三年了,我虽然还小,也能体会颠簸之苦,大人势必更渴望歇息。五结不是我们的故乡,却给了我们故乡没能给我们的安宁与稳定。

有一天下午打雷,突然下起了大雨,我从院子奔回屋子,当时我穿着木屐,在屋檐的地方,没注意我们家的一窝小鸡也由母鸡带着在那儿躲雨,我跑得太快了,木屐踩伤了一只小鸡。母亲看见了,因心疼的缘故对着我大骂,不准我走进屋内,说要是小鸡死了我一定会遭天打雷劈。我当时十分恐惧,小鸡命在旦夕,而我也在母亲的咒诅中丧失了自信。我把小鸡放在手中,它不断地抽搐,我祈祷它不要死,但它慢慢变冷,最后还是死了。这时一个雷真的劈了下来,令我目眩的电光后是一连串震耳欲聋的声响,我想我一定得死了,我等了很久,结果发现自己并没有死。

不久我们被通知与其他人一起搬到罗东镇边缘一个像军营的地方住下来,又恢复了集体生活,但与以前不同的是,每家都独自开伙,也有自己家的门户了。这是军队眷属居住的地方,简称叫眷区。眷区取了个好名字,叫作"康定新村"。早年人人梦寐以求回大陆，街道建筑都喜欢取大陆地名为名字，康定是当时还有的一个省份西康的省会，我们在那里是不是安"康"不知道，但从此也许可以"定"居下来了，感觉那名字取得好。不过大多数人还只认为台湾是我们暂时的歇脚之处，没有人以为会真正长期地定居下来。我记得一九五一年的秋天，我跟眷区的一个比我年长的同伴逛街，走到罗东公园的民权街口，面对公园有一幢很大的建筑正在施工，原来是正在兴建中的兰阳大戏院。我的同伴告诉我，我们不可能到里面看电影的啦，我问他为什么，他说因为等戏院建好，我们早已"反攻大陆"了，我当时也以为他说的有理。那位同伴长大后考上"陆军"官校，成为优秀军官，退伍后一直住在罗东。

眷区的房子简陋，最早是茅草做顶，墙是竹篾片涂上泥巴，外头再刷上一层石灰，建材都是破烂不堪的东西，顶不过偶尔发生的大火与常常袭来的台风。后面几年间屡毁屡建，慢慢地有砖有瓦了，终于形成一个稳固的聚落、独特的生态，也自成一个仿佛与外面不太相涉的世界，我住在那里完成我的小学到中学的教育。

眷区的旁边是一条小溪，溪畔安了些水泥石板，成了妇人洗衣的场所，早上溪旁总是热闹非凡的。没石板的地方，有天生的竹丛，竹子下面，长满了野姜花。水里有长发一般的荇草，随着水流摆荡，小溪清澈又美丽，里面游鱼可数。这溪的上游，是我们男孩练习游泳的地方，小时候游泳，都不穿裤子，大家都这样，也不觉奇怪。溪的下游，形成一个大拐弯，拐弯的地方有一个水闸，那里水比较深，又有旋涡，据说溪底泥泞又深又软，脚陷进去便拔不出来，只有大人敢在那儿游泳。

后来溪对岸逐渐繁荣起来，房子慢慢盖多了，大家都把污水排进溪里，溪便不再美丽。一个大家叫他王排长的，退伍了住在村子里，嗓门有名的大，喝了酒喜欢扯着嗓子唱京戏，有太太有儿子，一天被发现淹死在小溪里。照说尸体会顺水流到下游水闸那边才对，但也许被溪里的荇草所绊，尸体就停在洗衣的不远处"不肯"走远，大家说他生命已了而心事未了，说得活灵活现。那段溪水，以后就没人敢在那儿洗衣了，更没人敢在那儿下水游泳了，隔了将近一两年，才慢慢恢复常态。有人说王排长是不小心跌进去的，也有人说是久病厌世自杀。

罗东比五结离海要远，但到了晚上万籁俱寂，尤其当午夜梦回，也能听得到八九公里之外海浪拍打沙岸的声音，那是亘古以来就有的，像人的心跳，平时不容易察觉，仔细的话总听得到。如果用世界的标准来看，罗东是个小地方，但在宜兰县来说，那里并不算小，它曾是县里面最繁华的地区，在日据时代，那里是太平山林区的林木集散地，太平山出产日本建筑最喜欢用的桧木，当然第二次世界大战后,桧木已被砍伐殆尽,木业带来的荣景已消失大半,但"余气"尚在,镇上还有许多欢场如酒家、茶室,还有一些锯木厂与贮木池,见证它曾有过的辉煌。

从我们住的地方沿着溪往下游走不远,左转经过一座桥就是小镇的中正街,往北走没多远再转向一个巷子,里面有幢两层楼的木制大房子,当时地方的内行人都叫它"会馆",外行人都叫它"罗东会馆",据说在日据时代,就是一个声色犬马盛极一时的地方,我读中学的时候,这会馆的盛名仍在。在这会馆以西不远处有许多矮房子,里面很多是藏污纳垢的,有的名字是茶室而其实是小孩不宜进去的地方。我上中学之后,这里几乎是我上学必经之处,我对其间的巷弄很是熟悉。一个同学说,在罗东会馆附近骑楼下有一家卖鱿鱼的摊子,他们卖的鱿鱼最好吃,鱿鱼是干货,必须事先把它泡在水中"发"好,太硬咬不动,太软没了嚼劲,只有他们家泡得恰好,吃的时候放在滚水中一氽就好了,切开来趁着热,配着嫩姜及蘸酱吃,好吃得不得了。可惜直到我读完高中,那间曾经盛极一时的会馆都歇业了,我都还没吃过一次呢。

小镇的边缘,尤其是火车站附近还留有许多贮木池,那也是日据时代留下的遗迹,但是直到我读高中时仍没有完全废弃,里面还是贮放着大块的林木。小镇北方一个叫竹林的小火车总站,旁边像这样的贮木池更多,小火车原是用来运输原木的。大型贮木池常常由铁索相连的原木区隔成几个区块，里面漂浮着各式不同的木头，区块里的木头没有铁索固定，会不规则地滚动，人踩在上面一不小心就会落水，人一落水，四周的原木就可能漂过来，堵住水面，除非水性好，否则要想挣脱游出来就困难了，很多小孩就因此淹死。在有铁索相连的木头上就比较安全，木头会随水摇动，站在上面像在船上一样，那里的风也比较大，很凉快，我们小时常到这些大木上垂钓。贮木池里的水是死水，里面的鱼很脏，钓出的鱼不能吃，大家来此垂钓，纯粹是好玩。

从罗东到台北，以今天里程数而言，可以说不远，但当年的交通建设不如今天发达，宜兰与台北之间有一群连绵的山脉阻隔着，这些山脉的主脉叫雪山，不论坐火车还是坐汽车，都要耗费许多精神。如果从台北到宜兰，火车过了八堵，纵贯铁路继续朝东走，下一站就到了基隆，那是台湾最北的大港。过了八堵转弯向南，走不久就有许多山洞在等着火车穿越了。那些山洞有的长有的短，往往出了山洞就是深谷，深谷中溪涧湍急，铁路又弯曲，坐在上面很觉惊险。从台北县的福隆站到宜兰县的石城站之间，有一座据称是台湾最长的铁路山洞，可能有六七公里长，当时火车走得慢，走一次要五分钟以上，拉火车的是燃煤的蒸汽车头，一边走一边冒浓烟，走在山洞里，烟排不出去，就全部灌进车厢，把乘客弄得狼狈不堪。当时乘这段车程的旅客，是绝对不敢穿白色衣服的。

公路就更为惊险，有段路叫作九弯十八拐，路弯不说，坡度又陡，一不留神就会出车祸，所以走这条路的大卡车，驾驶座的右侧一定要有副驾驶，他的唯一责任是朝窗外投掷冥纸，祈求路上冤死的"好兄弟"放过他们。阴历七月鬼节一到，这路几乎就没有人敢走了。

大部分的台湾人喜欢把宜兰、花莲、台东三个县称作"后山"，表示是隔绝在群山的后方，那里交通不便，人口也少，信息更少，一样说闽南话，但有特殊又可笑的口音，那里的人因此也"土"得不得了。台湾又多台风，十个台风总有九个选择后山作登陆地，横扫陵夷，肆无忌惮，可见这是个地不灵、人不杰，就连天也根本不眷顾、不疼惜的地方。

生活其间，也有许多起伏波折，四周虽小，但健康与疾病、爱恋与失恋、快乐与痛苦，每样都有。只有信息比较缺乏，台北人一早可读的报纸，这里要到快中午才读得到，很多新闻传到宜兰已成了旧闻。我读高中的时候，宜兰还有一家名叫《中华通讯》的报社，他们的报纸还是由人刻钢板的，几乎靠手工油印发行，可见落后的程度。这里宁静而有田园风，是一个颐养的好地方，却不适合成长。我读高中的时候，一整个县，除了一所农校外，只有四所中学，而这四所中学还是以收初中生为主，家里有孩子读高中，便显得高人一等的样子，整个县没有比中学更高的学校了。

即使以宜兰县来说,我到过的地方也不算多,我其实是"困居"在宜兰县更小的一个角落,十几年也没出过远门。高中时一次在书上读到德国最伟大的哲学家康德一生只住在一个小镇上,并没有到过什么通都大邑,也没看过什么名山大川,但他的"三大批判"震古烁今,还有哲学家斯宾诺莎原本以磨镜为业,似乎终身未出阿姆斯特丹城。这些名人故实,都曾砥砺过自己,所居虽小,如穷览典籍,也不致坐井观天,我就把宜兰当成安身立命之所,曾以为自己会终老于斯。

后来我读大学,就到外面来了,至于世界,也到过一些地方,但不要说是康德,就是一个一般的学者的"见识"也自认为没有达到,才知道大与小、长与短,其实只是个抽象的对比观念,是没办法用来衡量所有事物的价值的。不过正如我这篇文章开首的时候说的,记忆是不周全的,记忆有时像一阵风,要想把风留住是不成的,要想将风片切下来,则更是徒劳。

一阵风走过,把树叶和种子吹下,下面的故事还长着呢,但好像都与风无关。

稻田里的学校

我记起我在宜兰乡下读书的时候，读过的几个小学都简陋有田园风。罗东有"正式"的"国校"三所，（"国校"是"国民学校"的简称，一九六九年在延长"国民教育"到初中之前，台湾的"国民学校"指的是公立小学。）其中"罗东国校"在日据初年就有了，所以到今天有百年以上的历史，另外还有"成功国校"，大约成立于光复初期，成立最晚的是"公正国校"，大约在一九四九年之后才有的。只有"罗东国校"在小镇的比较中心的位置，因为成立得早，原来的边缘位置后来倒变成中心了，其他两所学校一南一北在小镇的边缘，四周原本都被稻田所围绕。

我曾在"罗东国校"读过一年书，后来因姐姐职业的缘故，我转入一个由联勤被服厂附设的小学，这所学校的正式名称是

"联合勤务总司令部附设宜兰小学",没几个念得出这么长的名字,便都叫它被服厂子弟小学。还有人嫌名字太长了,就叫它"子小",这叫法不好,让人与"小子"产生联想,由于全镇没有其他的子弟小学,所以叫子弟小学就是指它了。子弟小学虽然也是小学,而总有点体制外的味道,所以地方上在算"正式"小学的时候,老是算不上它。

我之转来此校,纯粹是因为学校福利好的缘故,学杂费全免之外,还有制服可发,连笔墨用具都有供应,以当时的条件而言,我们如不算"天之骄子",也觉得相距不远了。但全校"极盛"时代也只有六班,小得可怜,办了几年办不下去,到我读高中的时候它就关门了。这所由外行人办的学校是由一个废弃的锯木场拼凑而成,教室是日据时代的木造厂房,低暗潮湿不说,后背还有家没歇业的锯木厂,成天噪音不断。更有趣的是学校的左侧是铁路,铁路的路基很高,每次火车经过,就像是以凌然之姿从我们头上"飞"过,惊险奇崛又气势无穷。当时的火车用的都是蒸汽车头,冒着黑烟白气,成吨的钢铁巨轮从铁轨上碾过,发出特殊的声音与震动,令人屏气凝神。奇怪的是我们对锯木厂的噪音讨厌得很,而对火车经过所发的声音不但不生厌,有时还会期待。

子弟小学的学生都是被服厂员工的子弟,绝大多数都是外省人,外省人中,又以南京人为大宗。这所被服厂原厂在南京,员工的眷区名字都冠以"金陵"二字,从"金陵一村"到"金陵四村"共有四个村。当时联勤算是陆海空三军之外的第四军种,但被服厂除了几个高级领导有军衔之外,其他都算是劳工,他们的工作是为军人缝制军服,所以住在这几个眷区里面的人不能算是军眷,只能算是"工眷"。不过本地人不分这些,不管是军眷、工眷,都叫作"外省仔寮"。

南京人说话怪腔怪调的,他们老是把注音符号里的ㄌ与ㄋ(n、l)搞混,又ㄣㄥ(n、ng)不分,譬如把南京人说成是"兰京人",把牛肉说成"刘肉",珍珠念成"蒸珠","我恨死你了"说成"我横死你了",听了虽不至于会错意,但语音被他们颠覆得乱七八糟,也常闹出笑话。我因与他们鬼混了几年,常把n与l两声母搞混,有时还倒果为因的,到大学时把一位教我们文字学的赖姓教授叫成"耐"老师。"耐老师"年轻又腼腆,他怕伤我自尊,从未指正我,直到大学毕业时我才知道自己叫错了,真是丢人丢到家了。

当时的乡下,地域观念很盛,外省人是少数,在很多地方被人歧视。外省人在一起,也会瞧不起本地人,主要是台湾人的文化条件不好,学校推行"国语",外省人虽然南腔北调,但大部分省份的话和"国语"还是接近些,本省人说的是闽南语,与"国语"相距较远,所以那个时期本省人在受教育方面比外省人要吃些亏,早期在学校成绩好的学生以外省籍的居多,这是无法避免的事。后来"国语"推行得越来越普及,本省籍的学生迎头赶上,这现象就不复存在了。

我读小学的时候,在街上走过,有时被人用闽南语叫成"外山的"或"外山来的",有时还会被骂一声猪,猪一个字叫不响,就变成四个字"四脚猪仔"或"外省猪仔"。"四脚猪仔"的闽南语读法,用现在的汉语拼音便是 xikadi-a。叫"外山的"是指从山外来的,语言中有些敌意,但没有坏意,叫人猪就既有敌意又有坏意了。不过这都是小学阶段的事,进入中学后,学校大部分都是本地人,五十人一班里面顶多只四五个外省人,己方势力超过对方太多,敌意就渐渐不见了。何况我们这些外来的人也学会了适应环境,每个人都把闽南语说得朗朗上口,连骂人的话也连珠炮似的说得跟本地人一模一样,久了之后即使是本地人也分不出我们到底是"内山"的还是从"外山"来的了。

升上初中后,有一点成为人之骄子的意味,首先是当时大部分小学毕业生都放弃升学(上小学是受义务教育),其次是初中以上学校太少,根本无法容纳许多学生。举例而言,宜兰县整县由一条由西向东的浊水溪(后来为了与岛西部有条更大的浊水溪区别,就改名叫兰阳溪了)分为南北二部,县治宜兰市与礁溪、头城等乡镇在溪北,而我们罗东与冬山、苏澳等乡镇都在溪南,我读的宜兰县立罗东中学,是溪南的唯一中学,当然也是溪南的最高学府了。

罗东中学在日据时代是一所"公学"(相当于初级中学的公立学校),当时的公学地位崇高,是日本人或"高级"台人的子弟才能读的学校。一九四五年政府接收后就把公学继续办下去,成了宜兰县立罗东初级中学,后来又办了高级中学(高中),校名拿掉初级两字,整个学校就成了包含初高中的"完全"中学了。

这所学校由于在"历史"上的地位很高,在整个"溪南"有领袖群伦的作用。现在县南一些办得久一点的"国民"中学或高级中学,早期都曾是这所学校的"分校",所以这所学校也许其貌不扬,内部也真是一团糟,但骨子里还是有一点顾盼之姿,有一点自以为是的味道。我还记得罗东中学的校歌的第一节是:

> 向东望大洋拥抱,沃野广袤,
> 西仰那群山明媚,远绕三方。
> 我们的省份台湾,
> 我们的乡土罗东,
> 毅然屹立母校罗中。
> 师生携手和气满堂,
> 不辜世人殷望。

共建民主校风，

罗中，罗中，

自由的学园罗中。

这首校歌的歌词有一般校歌的通病，有的具体，有的空洞，当然校歌里多是期许的话，但其中的期许也有些不可理喻，譬如"共建民主校风"，到底什么叫作"民主校风"，又要如何"共建"呢？这话任谁也说不清楚，大概是受当时流行的自由民主风潮所影响，写词的人胡乱拼凑进去的。倒是首二句写的是实景。罗东朝东不远便是浩瀚的太平洋，朝西则山岳连绵，从北边算来，有雪山山脉，正西是雪山东脉的主山太平山，再朝南望去，天晴的时候可以看到南湖大山支脉的一个山峰，惊险绝伦的奇莱峰据说就在它旁边不远处，冬天台湾不下雪，但南湖大山支脉的山顶上偶尔雪白一片，往往成为我们仰望的焦点。

不过平常的日子，谁也不会"东望"又"西仰"的，人总是被身边的琐事纠缠，不会去想远处的事情。我就读的时候，学校三面被稻田包围，还有相当的田园风。宜兰以多雨与新竹的多风同时闻名，当时有"竹风兰雨"的说法。台湾属亚热带气候，炎热潮湿是共同的现象，别的地方一年总有所谓旱季与雨季之分，可是在宜兰好像只有雨季与非雨季之分，从来没有所谓的旱季。

宜兰的雨季在秋冬之际，季风盛时，就会拖得很长，因为全县的地势一面朝海，三面被连绵的高山挡着，最高的山有三千多米高，冬天东北季风带来丰沛水气，根本通过不了那群高山，就把雨一股脑地全落在兰阳平原上了。在我读高中的有一年，竟然有一场雨连下了四十天，当然不是夏日常见的"豪大雨"，因为"骤雨不终朝"，宜兰雨季的雨是忽大忽小地不断，密集又连续地下着，把我们的世界变成一片水乡泽国，所有东西的暗处都在发霉。潮湿与阴霾，是宜兰居民的共同记忆。

每年夏季都是台湾的台风季节，肆虐的台风，十个有九个从花莲、宜兰登陆。我读书的时候，物质困窘，家居潦草，很少有钢筋水泥的房子，都是泥土木板房，有钱一点的家庭，住在日本人留下的木造房屋里，平常也许舒服，但要抗拒台风，却一点办法都没有，往往一阵风来，屋上的瓦片全被掀落，雨水就直接冲灌进来，所有家居就尸骨无全了。大致而言，学校的建筑多是砖起的，相对而言坚固些，所以台风来了，学校的大型教室与礼堂往往得开放成为台风避难所。我在读初中二年级的时候，一次强烈台风来，把我们住的眷区全数吹垮，我们只有全村搬进附近的一个学校礼堂里，在那儿住了半年多，等房子胡乱盖好再迁回去。

对学校而言，这是飞来横祸，要知道不仅是把一栋建筑让出来供灾民使用就够了，灾民吃喝拉撒睡都得在学校解决，学校一有外来居民，景观与秩序都被彻底打乱。我在读初中的时候，我们学校的礼堂就常被莫名其妙地占用，学校例行的周会或该在礼堂进行的活动都改在操场举行，前面说过宜兰多雨，雨一下，便干脆不举行了。

我记得一年学期中忽然来了台风，已经是秋天了，还来台风，这台风就叫作"秋台"，"秋台"的威力更大。"秋台"把学校的几间教室吹得东倒西歪不说，连围墙边的蒲葵树都连根拔起，大门口复兴路上的成排宿舍都被掀去了屋顶，教师与他们的家眷顿时成了灾民。学校不得不照顾教师，便让他们搬进几间尸骨尚存的教室里，连校长一家也不例外。接下来的一个多月里，学校的行政与教学大受影响，老师无心教学，学生无心受教，大家得过且过，往往一本书没上到一半学期就结束了，学校也只有任它。对学生而言，那种得过且过、玩岁愒时的日子实在太好过了。

这是外在环境，学校内在的情况到底怎样呢？其实也一样不好。学校是社会的缩影，在我从少年到青年的那段日子，台湾的政治气候充满着不安，那种气氛也会吹进学校来，学校受到干扰，使得许多该做的事无法正常运作。我读初中的时候，几次看到宪兵到学校"带人"，有一次一个隔壁班的地理老师在课堂上被三个面无表情的宪兵强行带走，那老师向我们班的老师求援，我们正在上国文课,老师在台上跟我们讲授儒家的伦理道德,却连正眼都没敢看那被捕的朋友一眼。我对传统道德的厌弃,是从那里开始的。一个人被宪兵带走后,通常便没有了下文,教师会把他视为忌讳,没人敢谈他,我们学生则耳语纷纷,传闻他是"匪谍",已被拖去枪毙了,有人更绘声绘影,说只要抓到"匪谍",连审判都不需要,晚上就装进麻袋,送上飞机丢进台湾海峡了。那种传闻很广,小孩说时总是带着兴奋与惊恐,也不知道始于何方,我们长大之后才知道都是无稽之谈。那是台湾"白色恐怖"最盛的时候,在我们学校有不少教师莫名其妙地被带走。

等我读高中之后,"匪谍"事件已很少,但警宪有时也会到学校来逮捕人。不过比起初中的时候,警宪的行动"文明"了不少,首先是他们独有的白色吉普车不会直接开进学校来,负责逮捕人的也不是全副武装的宪兵,而是改成穿戴整齐的"执法人员"。他们会先到校长室"拜访"校长,出示上级的命令,然后由学校人事部门的人员到教室去请出正在上课的教师,说是有事外找,吩咐学生在教室自习。学生都十分世故,知道发生了什么事,变得十分安静又善解人意,教室连掉了根针都听得到似的。那位老师从此就再也见不到了,学校从未向学生解释那位教师的去向,学生也不会多嘴问,大家都心知肚明。我读高中后,被逮捕的不再是涉及"匪谍案"了,换上的是"台独案",有人参加了某次有嫌疑的聚会就被逮捕,当然枪毙或投海的说法已没了,有的也许涉案较轻,几个月后被放了出来。但放出来人的也无法在学校待了,只得改行,熟人在路上遇到他多假装不认识,他也绝口不会提及那件事,一切好像船过水无痕的样子。受"匪谍案"牵连的多是外省籍的教师,而涉及"台独案"的就换成本省籍的为多了。

宜兰淫雨不断,灰暗的天气让我们的性格变得阴沉,而我们成长过程所见的世态,也使我们这一辈的人变得比较伪善,逢事易做闪躲,在真正艰困及高压的环境下,我很少看到我们宜兰出身的人会挺身而出的,更不要说抛头颅、洒鲜血了。我们这一辈了解的人生百态之一是:人生在某个部分确实是残酷的,为了生存,我们不得不对一些事件视而不见,或者表现冷漠。

无论如何,全球气候变迁有好有坏,对宜兰的好处是雨季已经不再那么长了,而台湾的政治气候也变得开明,再也没听说有什么不经法律程序的"私刑"了,万一有,也有人站起来大声嚷嚷,不论是为自己或者为别人。一次我在北师大演讲,内容是我少年时的阴霾记忆,讲完了,全场以开朗无比的笑声回报我,我真高兴,我想大陆的阴霾记忆,在年轻的一代也全没了。不论从海峡哪一边看,年轻确实是幸福的。

说"国语"

三四十年前,台湾的公共场所还随处可以看到"请说国语"的牌子,现在几乎看不到了。这不表示"国语"已畅行无须再做要求,而是政治与社会气候已经改变了。

"国民政府"迁台后有一政策是推行"国语"。"国语"其实民国初年就在大陆推行了,遭遇的阻碍不是没有,零零星星地不算太大。不过当时"国乱如麻",就算大也没什么人注意它,何况政府推行文化政策往往虎头蛇尾,草草应付,遇到困难干脆放弃不管了,所以没有大事并不表示推行顺利。倒是在台湾推行时,遭遇的困难特别多,这必须从台湾的语言环境谈起。

台湾岛上的居民除了台湾少数民族之外,大多数是汉族族群,少数民族大大小小地分了十几个族,每族有自己的语言,彼此之间有的能通有的不能通,都没有文字。据学者研究,他们的语言与菲律宾的土著语言,甚至更南的几内亚,最远到新西兰土著的语言都是相通的,学者叫它"南岛语系",证明台湾的少数民族最早是由靠南方的太平洋岛屿迁移过来的。当然自晚明之后,大量汉族移民台湾,汉语便后来居上地主宰台湾的"语言市场"了。但移民虽来自汉族,而这些人的汉语,是所有汉语里面让人最难懂的广东客家语与福建的闽南语,要说这些话的人学习"国语",本来就是十分困难的事。

除此之外,台湾还受日本殖民统治了五十年,日本人在殖民统治台湾的后期(一九二〇年后)也在台湾强力推行他们的"国语",即日语。日本人在台湾推行"国语"的时候是禁说汉语的,政策执行彻底,这使得光复之初,台湾作家能以中文写作的寥寥可数,而殖民政府颁布政令,须以中、日两种文字并列。两种语言长期冲突与交流的结果是,许多日语的词汇与语法也融入了台湾语言之中。台湾的"福佬"人说的是闽南语,但台湾人说的闽南语与真正闽南地区的闽南语已有差异,台湾的闽南语中外来语特别多,譬如台湾人叫西红柿为"塔吗多",与日语一样是从 tomato 变来的,又如台湾人把收音机叫作"啦基啊",也是从日语来的,而日语又是从英文 radio 来的。台湾人说的语言中充满大量这类词汇,真正的闽南人听了也一头雾水,这是台湾语言环境复杂的另一理由。

闽南语与广东客家语虽然不好懂,在中国的大语言区中势力也不算大,但它们保留了大量中国古代词汇与语法,是现代语言中最接近古代的语言。譬如闽南语的"有身"是指怀孕,《诗经》里面即有"大任有身,生此文王"的话。此外,闽南语说的"鼎",就是"国语"中的"锅",闽南语中的"蟾蜍"就指"国语"里的"癞蛤蟆",这些例子,证明了闽南语言其实是道地的中国语言,而且较其他语言更接近我们祖先所说的语言,粤语与客家语在这方面也颇相同。

台湾语言中既保有许多中原语言已见不到的古代语言痕迹,也掺入了不少外来词汇,再加上这儿的族群多元,其语言环境之复杂,不是一两句话可以道尽的,所以台湾光复之初,政府推行一种大家都能说、都能听懂的语言是很有必要的。"国语"运动虽然是政令,其实也有应付社会需求的因素存在,可惜这种需求,在推行"国语"的时候并没有特别强调它,以致后来被有心人士冠以外来文化压制本土文化的帽子,与"外来政权"与"本土政权"的政治解读混在一起,形成了另一个难以解决的争议。

早年学校推行"国语",手段确实有点激烈,我们这一代的人,在刚受教育的时候,似乎都受过多少不等的"国语暴力"的逼迫,受害的程度也许并不大,事后还常引以为笑谈,但一件事成为"暴力"总不算好。早年学校推行"国语",主其事的人总觉得非"消灭"方言不可,学校定出许多规章来禁说方言,连带还有种种的处罚条例,这使得老师学生都要"誓不两立"地在"国语"与方言之间做个了断式的选择。当然没有人敢选择方言,不久方言就被动地"退出"了学校与主流社会的语言舞台。

但"退出"一词说起来容易,实际却纠葛重重,语言是一种生活,人进了新的环境,还是会带着些旧环境里的习惯,不是要改就一定能改成的。同样,人在改用了一种新语言之后,旧语言会不自觉地掺和到新语言里面去,有时掺和得多了,表面上说的是新语言,其实也可以视为旧语言的延续。

譬如"国语"中有 f- 这个声符,是闽南语中没有的,声韵学上有"古无轻唇音"的说法,大概在魏晋之前,中国话中的轻唇声母（f-、v-）都读成重唇（b-、p-）。这个发音方式,在我们现在的汉字的一些形声字上还看得出来,譬如"非"字是轻唇（f-）,而加了提手旁的"排"字就读成重唇（p-）,"发"字是轻唇（f-）,而"拨"字就读成重唇（b-）,其他如"番、播""分、扮"莫不是如此。闽南语就保存着这个习惯,没有轻唇音。还有闽南语中没有"国语"的声母 yu-,声韵学上的撮口音都读成齐齿音,像"鱼"这字闽南语只得读成"遗","居"读成"鸡","去"读成"气",再加上闽南语读不出来卷舌音,"国语"中所有卷舌音的字都读成不卷舌音字,而"国语"受北京地区语言的影响所带的某些儿化韵,闽南语也根本没有,碰到儿话韵就读不出来,硬要读,就把那"儿"字读重了,听起来像"啊噜"(a-lu)两个字。像"国语"里面一句"一只小鸟儿在天空飞来飞去",给我们当时的小学生念,会念成:

> 一株(只)小鸟啊噜(儿),
> 在天空,
> 挥(飞)来挥气(飞去)。

为什么要分三段呢?因为这短短一句,对我们台湾乡下的学生而言,比跨过太平山的山沟还难,只得嗳嗳嚅嚅、结结巴巴地把它柔肠寸断地分批解决掉。从这里看,让学生学习"国语"真是辛苦极了,但政令逼得紧,学校上下,也都觉得这事重要,便不管一切雷厉风行地推展起来。

那不是个怀疑的时代,上面人决定了,下面就一呼百应地执行,毫无怨言。学校老师不知道从哪里得来灵感,设计了一方牌子,上面用毛笔写着"我说方言"四字,每班七八面,早上第一堂课就发给当天的清洁值日生,拿着牌子的值日生就成了教室里的奸细,他们要倾听同学的谈话,发现有人说了方言,就把牌子挂到他头上,牌子交了出去,他的责任便了。那个被挂上牌子的学生无须沮丧，奸细是人人能做的，他只要在下午放学前找出另一个说方言的人，把牌子套到他头上，自己就逃过了惩罚。放学时还套着牌子的倒霉鬼，要负责今天的清扫工作。

这种推行的方式并不好，利用人性中的"恶"来达成所谓的"善"事，在道德上也是危险的，就算不危险，至少把善的成分减少了，所得不见得必多于所失。但当时的人都很单纯，根本没想到这么复杂的程度。

因为"雷厉风行"、上下一心，"国语"运动确实有了成效，当时说"国语"变成风气，台湾因地域的关系，所说的"国语"不如北方人的纯正，方言的语法与腔调没法"根治"，有时会被搬进"国语"中，弄得表面说的是"国语"，其实语法还是台湾式的，弄出不少笑话，往往被讥为"台湾国语"。

我们读初中的时候，老师以外省人居多，说话南腔北调，并不好懂，譬如江西话、湖南话、浙江话、广东话，其实也都是方言，不过那种方言好像不在取缔之列。一些老师对学生说的"台湾国语"很不能了解，譬如闽南语中的主动、被动往往与"国语"的说法不同，"他打我"在闽南语中说成"他给我打"，这话由别人听了，好像是说我打他了，同样，"我给他骂"是指我骂他，不是他骂我。像这样的说话方式对外省老师而言，理解起来确实是十分困难的，有时学生发生纠纷，老师听他们告状，早被谁打谁、谁骂谁弄糊涂了，解决的方法是不论对错都一顿毒打，当时是流行体罚的，打完后就天下太平了，哪怕太平只是个假象。

台湾社会在推行"国语"上，真不知闹了多少笑话，尤其在教育资源比较匮乏的地方，所幸困难都一一克服了，后来就是在偏僻的乡下，"国语"也都可通行无阻。台湾人现在说"国语"，还有相当多的地方腔调，但与同样属于南方的香港、澳门人而言，台湾人说的"国语"确实比他们要好得太多了。

县以上的政府都有"国语推行委员会"，负责推行"国语"的整体规划，学校与各媒体负责执行。说起媒体，不能不提《国语日报》，它对台湾"国语"运动贡献很大。《国语日报》为了适应小学生阅读，只用一般报纸的半开印刷。它的特色是报上的每一个字都注了音，小学生只要上过一年级最初的两个月，把三十六个注音符号学会了，就都能念上面的字。有三十六注音字母的注音符号表面上看比罗马拼音的二十六字母要多，好像比较麻烦，但好处是标音的时候，每个汉字最多只用三个符号，比采用罗马拼音最多要用六个字母方便。用注音符号注音，可以轻易地将注音标注在汉字旁边，不论直排、竖排都不影响字距，而采用罗马拼音因为怕影响汉字的字距，不得不把拼音的部分另列一行，学生要在另一行上找出对应的音读，不得不费上一番手脚。别看只差这么一点，对初学的人而言，其效果却有千里之遥了。这是台湾推行"国语"所用的利器,注音符号是民国初年采章太炎等学者的意见参考《说文》的部首制定的,大陆原可采用却没有采用,可惜选择了另一个方向。

十多年前我访问厦门大学,一位研究语言学的学者私下找我,问我能否帮他们募一套《国语日报》的合订本,他说他们大学的一个机构正在做有关台湾"国语"推行运动的研究。我回台打电话到《国语日报》问,报社说他们除了有《古今文选》的合订本之外,并没有报纸的合订本,我问他们是否做了"微卷本"(Micro film),他们说也曾有人建议,但限于财力,当时没能力做,不知道十多年后,他们是否做了。

《国语日报》是台湾推行"国语"的大功臣,同时它记录了这个运动的始末。几乎所有受过教育的台湾人,一生之中,总与它发生过或轻或重的关联。这份报纸,到现在仍在发行不辍,我每次经过台北罗斯福路与福州街的交口,看到《国语日报》社还屹立在那儿,上面由胡适题的"国语日报"四字仍娟秀有神,便觉得十分欣慰。

我也为我的孩子订过《国语日报》,由于它已融入我们的生活,就像对最亲密的人,我们的记忆反而比较模糊,上面刊登过什么消息,几乎都忘了,但我保证所有《国语日报》的读者,都不会忘了上面刊登过的漫画。有一个四格式的漫画叫《小亨利》,

还有一个单幅漫画名叫《淘气的阿丹》,都是转载自美国的报纸。《小亨利》里的"小亨利"是个光头的小男孩,每次见到他都是侧面,几乎从来没见过他的正面,而且故事老是发生在巷子里。而"阿丹"是丹尼尔这个英国名字的中国叫法,阿丹一头长发,天天惹是生非,在家庭与邻里之间闹出了不少笑话。这两个小男孩陪着台湾的孩童长大,台湾的孩童长大了,有的已经成了老人,社会更是物换星移,变异之快令人目不暇接,而漫画中的他们却还是原来的样子,几十年来,一点都没有改变过。

回顾台湾的语言历史,其中有快乐也有辛酸。台湾孤悬在海上,与香港、澳门有一样的语言经历,都是经过调适困难,又是波折不断的,台湾与大陆并没有任何接界,这点与港澳不同,在地理上台湾才是真正的"孤悬"。台湾也受到外国的长期统治,所以台湾文化中也与港澳一样有相当程度的"异国"色彩,但台湾的主流社会,还都认为自己是中国人,以复兴中华文化为己任。当然这种文化认同与责任感,是受到某些政治力的鼓励,但大体而言,台湾人都有这项文化上的自觉,这种经验,又是香港与澳门人所没有的,也是与其他"海外"人根本不同的。

我们称为"国语"的,大陆叫作"普通话",这当然是为避开多元种族敏感而采取的措施,没什么不对。但对台湾人而言,普通话是指所说的话可以与人沟通,没有严格的要求,有没有卷舌音、收音是否 n 与 ng 不分，并无大碍，只要人听得懂就可以了。有一次我在大陆演说，会后有人称赞我，说我的普通话说得很标准，我说既说的是普通话，便没有标准与否的问题。其实大陆的普通话当然是有标准的，不过大陆不叫标准，而叫"规范化"。

想不到风向轮流转，在台湾一直引以为傲的"国语"推行运动近年来却遇到了一些麻烦。近十多年，台湾的自觉意识增强了起来，再加上早年"亚细亚的孤儿"的悲剧心态复燃，引发社会的一阵"母语运动"。这个运动没有什么不对，但这个运动被某些有心人士操纵，变成一种反对"国语"的运动，就完全错了。

推行"母语"的人士喜欢把台湾话称作"母语"，把国语叫成"中国语"或"北京语"，把政治上的情绪转移到语言上来。其实台湾大多数人说的"母语"，岂不是地地道道、绵延不绝地来自中国大陆吗？

钢　笔

我最早使用正式的钢笔是在初中的时候。

说正式的钢笔是因为也有不正式的钢笔。我们后来把有吸墨水设备的笔称作钢笔，还有一种笔没有吸水设备，也可以写出跟钢笔一样的字，用的笔尖（又叫笔头）与钢笔没什么两样，只是这种笔每写几个字，就得把笔尖伸进墨水瓶里蘸墨水，写出来的字，墨水不是很均匀，总是前面浓后面淡的，有时不小心，笔尖的墨水会滴到纸上，弄得纸脏兮兮的，很不雅观。起初我们把这种笔叫钢笔，后来有吸墨设备的正式钢笔慢慢流行，一般人也买得起了之后，就不再用它了，大家叫那种落了伍的笔为"蘸水钢笔"。

小学的时候，大多使用铅笔，另有书法课，就须使用毛笔。

我读高小（小学五、六年级）时转到一个很小的小学就读，在那儿初次接触了名叫钢笔而其实是蘸水钢笔的那种笔。我们学校虽小，但一切都很大气，学生日常所需包括鞋帽制服、课本作业乃至笔墨纸砚，一体均由学校供应。一天学校发我们每人一杆蘸水钢笔，蘸水钢笔是要蘸墨水才能写的，所以还发了一瓶墨水。老师办公室有个盛墨水的大桶子，老师告诉我们，我们把瓶里的墨水用光了，还可到桶里去"打"。这"打"字特饶趣味，以前社会穷困，酒喝完，酱油、麻油用完不作兴买整瓶的，都量入为出地到杂货店去"打"一些回来，现在想起当时连墨水用完都可以去"打"，真算是"打成一片"了。

蘸水钢笔很不好写，这跟它出水的方式有关，墨水蘸少了写不了几个字，蘸多了往往会滴下来，弄得字里行间一片零乱，所以刚开始新鲜，还有人喜欢用它写字，久了后就不太爱用了。上了初中，就算进入了真正的钢笔年代，钢笔是我们中国人的说法，外国人叫它 Fountain Pen，直接翻译要叫"自来水笔"才是。我的第一支钢笔是三姐用剩给我的，好像没什么品牌，三姐用的时候就是旧货，可能是二姐以前用过的，笔杆与笔帽是仿赛璐珞的化学制品，深绿色的，笔夹则是金属做成，末端做成球状，当时的钢笔都是那个样子。不久前有一次我经过一家专卖百利金（Pelikan）名笔的商店，看到一支仿古的钢笔与我最早使用的很像，一问价钱，贵得令人咋舌，心想那支我最初使用的钢笔保留下来，不知有多值钱呢。

其实只是想想罢了，那笔就是留下来也不会值什么钱，仿的赛璐珞与真的赛璐珞是不能相比的。我的那支笔出水不很顺利，后来里面的吸墨水皮管"烊"掉了（当时人都把固体的东西慢慢融成稀烂的样子说成"烊"），只有当蘸水钢笔来使用。我读初中的时代，老师与家境好的学生流行用美国的派克钢笔，当时有一种特殊造型的"派克21"，在笔中最为火红。派克21与一般钢笔最大的不同是笔尖几乎全包在笔杆里，只留出小小一段以供书写，当然握笔的部分也是笔杆的延伸，整支笔像支流线型的火箭，笔帽是金属镀银，长条笔夹早期有凹槽，设计十分新颖，几年后改成箭形，也漂亮得不得了。但新上市的派克21价钱很贵，不是一般人梦想所能及。

派克21流行了一阵，市面就纷纷出现仿制品，都做得跟真的派克21一模一样，文具店与书店都有卖，连公园旁的卖药郎中的摊子旁也有人在卖。公园摊子上的小贩叫卖声特别大，他们不否认自己卖的是假货，但他们强调他们卖的这种笔比书店摆在盒子里的派克21要强多了。小贩为了证明他的话，故意在货中摸出一支，旋开笔杆饱吸墨水，交给一个学生模样的人要他在纸上画一画，要写字也行，那学生就随意地写一下，小贩问好写吧，学生点点头。小贩大声说我的笔不但好写,还好"钉"呢!说完他举起他手上的笔,像甩飞镖一样地朝一块木板甩过去,想不到他力道太猛,竟然把整支笔头牢牢地"钉"进木板里了,不只笔头,连带笔身的一部分也都没入板中,他夸张地说哎呀糟了,这支笔完了。他使尽力气把那支笔从木板里拔了出来,长长吁了口气,交给刚才写字的学生要他再试一试,问他还能写吗,学生在纸上画了画,点头说还能写,小贩说真的吗,学生说真的。这时小贩兴奋得不得了,他大声说,不是我吹牛,我的"派克"比书店的派克21还坚固好用一百倍呀,不信的话,你们手上有真正的派克21吗?敢不敢拿出来一试?现场气氛热烈极了,当场就卖掉了五六支。

有一次我班上的一个同学也买了一支,第二天上午趁课间休息,有人怂恿他学小贩表演,几个人在旁吆喝鼓噪,旁边聚起许多观众,他不得已只好一试。他不会小贩的那种夸张甩法,只把他的笔用垂直降落的方式落到桌面,当然为了测验笔尖,特别把笔尖朝下,想不到他的笔一碰到桌面就折成几段,不要说能再写字,整支笔就是要保个全尸都不可能了,状况真是惨不忍睹。同学议论纷纷,有的认为小贩奸诈,他自己用的笔是好的,卖给人的笔是坏的,有人说是你甩笔的角度不对,对的话就不致此,还有人说小贩的木板是软木做的,谁要你这傻瓜拿到这么硬的桌面上试。反正七嘴八舌、莫衷一是。结论是由几个同学陪他晚上再去那里找小贩,看看能否换支新的,同学说这么多人陪他去,小贩也许想再做几笔生意,便不得不换。想不到他们全扑了空,而且从此之后,公园再也不见那小贩的踪影。

在派克 21 流行了一阵后,又有一种笔流行开来,那就是伟佛钢笔,伟佛的英文是 Wearever,与派克同样是美国的产品。伟佛钢笔的经营方式跟派克显然大有不同,其一是派克多角经营,派克的钢笔有很多型号可选,除了派克 21,后来还出了派克 45、派克 51、派克 61、派克 65 等"系列",好像号码越高的售价越贵。后来原子笔(Ballpoint Pen)流行,它就也做原子笔,除此之外派克还出产墨水,派克墨水取名 Quink,中文翻成"派克快干墨水",林林总总,只要是书写工具,似乎都有派克的份。而伟佛似乎只生产钢笔,它生产的钢笔也只有一种式样,没有什么编号,就简简单单叫它伟佛钢笔得了。其次是伟佛钢笔的造型也很古朴老旧,不像派克的推陈出新,二十世纪五十年代中,大部分钢笔的吸水簧片已采用暗藏方式,而伟佛钢笔仍把它大剌剌地放在笔杆上,再加上它的笔尖全露,一点都不掩藏,与派克 21 比起来确实有些落伍。但伟佛钢笔很受中学生的欢迎,原因无他,就是好写又价格合理。

伟佛钢笔的笔尖与别的笔的笔尖有很大差异,它的笔尖是由不锈钢做的，在它笔尖朝外的出水口上面，有条金属簧片覆盖着，这条簧片很像口琴里面的发声器，有人说设计这条簧片的目的在于使钢笔出水均匀，也有人说只是为了好看，原因猜不大透。然而伟佛钢笔确实靠着这个设计具有了某些"独特性"，让人一看笔尖就知道这是伟佛钢笔专有的。

我已忘了它确实的售价，大约比派克21便宜一点，它销路极广，在它极盛的时代，几乎每个高中生人手一支。后来我读大学，才知道这款钢笔是第二次世界大战时设计给美国大兵用的，操作简单又坚固耐用是军用品的特色，那笔尖上的特殊簧片，很可能是为阻挡战地的风沙而设计的。伟佛钢笔出水流畅，书写便利，它的笔尖较宽也较软，字迹宽细随己，写久了，会慢慢训练出笔的"性格"，只适合主人的笔势，其他人用它反而不习惯，所以用惯它的人日后总会爱不释手。然而整体而言，它并不是那么地耐用，它装墨水的橡皮管用久了也会"烊"，但问题不大，它最大的问题在握笔的把手部分常常会龟裂，把手裂了不但写字时很狼狈，有时挂在口袋上，会把衣服都弄脏了，情况就更为不堪。我先后用过三支伟佛钢笔，都遇到同样的困扰。

我大学毕业后教书，写字仍是我生活中不能少的事，我需要好的书写工具，当时原子笔风行，几乎已取代钢笔的地位，但我觉得原子笔太油滑了，好字还得由钢笔来写，所以一直注意钢笔的消息。这四十年中,我用过的笔不计其数,我后来也用过几支派克21,有旧有新,派克21确实是实用的笔,在我读初中的年代是贵的,在我教书了后就不算贵了,它整体的耐用程度超过伟佛钢笔,但没有伟佛钢笔那样粗细随我的个性。我很想再买支伟佛钢笔来用,但不知道从什么时候起,台湾市面已见不到它的踪影了。

我后来还用过昂贵的派克75,好像这是派克笔的最高型号,当然价钱也只能用昂贵两字来形容,细雕成网状的银制笔身,据说那银是来自西班牙古代的沉船,笔尖标榜14K金,非常好写,握笔的把手有特殊设计,它为握它的三个手指设计了适当的凹槽,让人写久了也不累。派克75也有缺点,它的把手部分用久了也会裂,裂了也跟伟佛钢笔一样不好对付,还有笔杆是纯银的,银子很软,笔杆里面的螺旋槽用久了会磨损,磨损后就与把手锁不紧了,也会造成某种程度的不便。

我也用过万宝龙(Mont Blanc)的几种型式的笔,用得最久的是它们所出"音乐家系列"中一种名叫"肖邦"的钢笔。万宝龙很贵,自己当然不舍得买,我的"肖邦"是由一群友人在一个特别的日子馈赠的,当我打开包装,发现黑色的笔盒里面附赠了一张考究的CD唱片,里面录的是肖邦的两首钢琴协奏曲,一看伴奏的乐团,不由得吓了一跳,原来万宝龙竟然有自己的交响乐团,乐团名叫 Mont Blanc Philharmonia of the Nations，一个生产钢笔的公司能有自己的交响乐团，可见它财力如何了。不过万宝龙的笔不见得实用，很多人拥有它是为了炫耀财富，有人用它是为了在条约、支票上签名时耍威风，真正用它来写作的并不多，而我却用这支"肖邦"写了不少东西。有一次我的笔出水有了点问题，我的一个学生张伯宇把它拿到一家有清洗设备的笔店清洗，店家事后告诉张伯宇，说这支笔的笔管与笔尖，都是他看过的万宝龙名笔中最脏的一支，但也证明这支笔的主人是真正用它来写字的。

不管怎么留恋与珍惜，钢笔的时代已经过去。我想起平生第一次获得一支全新伟佛钢笔时的兴奋，那是初三时参加县里作文比赛所得的奖品。那支钢笔对我而言，是我梦寐以求但总是求之不可得的东西，现在终于能够握在手里了，刚拿到手的几天，虽然高兴莫名但总觉得不够真实。记得那支笔的笔杆是深蓝色的，别在我上衣的口袋里，笔杆当然看不见，而我注意银色的笔帽，在暗中也能发出一种奇特的光辉……唉，不多说了，我们这一代，一生中有几个是没有钢笔的故事呢？

五十年过去，钢笔还是看得见的，下一代的人对它还不致全然陌生，但意义与作用都变淡了，尤其当进入了全面的计算机时代之后。我看着抽屉里的铁盒，里面还放着几支我用过的钢笔，那支派克75已很旧了，银的笔身因为长久未用，都氧化成了黑色，银的东西，要定期保养，等我有空时，我只要把它的组件小心旋下，用一支柔毛的牙刷蘸着牙膏轻轻刷洗它，就可以把银锈去除，整支笔就会又焕然一新了，这工作我以前常做的。我还有几支"西华"（Sheaffer）钢笔，几支高仕（Cross）牌原子笔，在"笔界"它们也都赫赫有名，当时也得来不易。它们都曾陪我走过很长的人生岁月，有时热闹，有时寂寞，都无以为意，然而现在它们都油尽灯枯地冷冷地躺在我铁盒的一角。艰难的时代，只要略事修饰，或者换个笔芯就可以再使用了，而我们面对的却是一个物资不虞匮乏的时代。我突然想起诗人余光中好像有这样的句子："一生能穿破几双鞋？""一生能用坏几把梳子？"悠悠的人生，毕竟还是漫长的，但要从笔来计算，我们的一生，一共又能用完几支笔呢？

小镇书店

阅读让人超越局限。

生活在小地方，如果能穷览典籍，也可以使人放宽眼界，所谓"秀才不出门，能知天下事"，但穷览典籍需要有藏书，不幸当年我居住的小镇，根本没有图书馆。二十世纪五十年代中期，我就读的县立中学，美其名曰有图书馆，然而收藏不丰不说，管理也不善，同学之间，几乎从没兴起到图书馆借书的念头。那时能满足我知识欲求的地方是《中央日报》的阅报处，以及镇上的一两家书店。先说《中央日报》，《中央日报》是国民党的党报，当时国民党是执政党，所以它也是"政府"的机关报，负担政令宣达的任务，机关学校以及各军事单位都要订这份报纸的，这使得它长久以来是台湾的第一大报。

报纸有许多"副刊",有的介绍地理沿革,有的专供妇女儿童阅读,还有专门介绍健康医疗知识的专刊,如"地图周刊""儿童周刊""医疗与健康"等,可以应付许多人之所需。影响最大的是有一个专门刊登文学作品的"中央副刊",副刊是每天有的,在报纸只出一大张半(共六版)时,副刊就占了一版了,可见副刊在报纸上的"分量"。副刊上刊登了许多文学创作,包括散文、小说与诗,偶尔有文学或艺术上的讨论,有时讨论会变成争辩或"笔战",热闹得很,很多人是冲着副刊而看报纸的。副刊上还有一些世界文坛或艺坛的消息,在那段绵长又沉闷的日子,"中央副刊"往往成了许多人向往自由的窗口,当然也是一些人新知的来源。

报费低廉,但一般家庭还是不舍得订报,我们家当然更不可能订了。上学的时候可以到学校看,乡下学校的学生原不太有阅报的习惯,后来海峡风云日紧,国际局势诡谲多变,"教育部"要求各学校要讲授时事,还举办过时事测验、时事比赛,读报的风气才稍稍提高。到我读高中的时候,图书馆增辟了阅览室,里面陈列了各种报纸杂志,老师的办公室也订了报,只要有心,看到报纸的机会是不少的,但寒暑假时,就得到《中央日报》的分销处去看。

小镇《中央日报》的分销处在中正路靠东的那一边,在中山东路与育英街之间,同样有骑楼,奇怪的是当年行人总喜欢走西边的骑楼,靠东一面的很少人走,所以相对冷清。《中央日报》分销处的旁边有一家卖木制拖鞋的小店,另一边是只有碾米设备的米行,碾米机运作时会发出很大的声音,静止时一点声音都没有,碾米机很少开机,因此街道这一边,常像默片一样地安宁。每天上午九点多钟报纸才从火车站领到,分销处有很多事要忙,把报纸贴出来让人看,总要到十点以后,报纸张贴以后,不论什么时间,都是有人在看的。

当时台湾还有其他几家报社,譬如同样由国民党办的《中华日报》、由省"政府"办的《台湾新生报》、由"国防部"办的《青年战士报》之类的,民营的有《公论报》《联合报》与《中国时报》。还有一些更小的报,小报经营不善就把经营权卖给别人,当时言论管制,报社不能增加,经营报纸是种具有特权的行业。我读高中时《中国时报》还叫《征信新闻报》,它与《联合报》后来成为两家订报率最高的民营报纸,言论与信息更加多元也更为自由,但势力上要与《中央日报》相抗衡,是要等到我读大学之后了。

我另一个知识的来源是书店。在我读初高中之际,罗东有两家比较有"规模"的书店,一家叫罗东书店,一家叫新生书店,两家书店以卖书为主,兼卖各式文具。照理说在两条街交会处的新生书店生意会好些,但不知什么原因,到我读高中的时候它就悄悄关门了。我读高中以后,镇上只剩一家罗东书店,在第一银行对街,那里比新生书店要接近市中心一些,来往行人也多一点,但对于书店的生意好像帮助不大。

经营罗东书店的是一个瘦个子的广东人,我已忘了他姓什么,谈起他大家都叫他书店老板。在我记忆中,他上身老是穿着白衬衫或敞领的白香港衫,下身搭配着黑西装裤,说话慢条斯理的,有老派人的规矩,据说他在大陆读过大学,很有些文化底子。书店的两面墙上是顶着天的书架,架上排满了书籍,一边是玻璃橱柜,里面一排排放着各式漂亮的钢笔,橱柜上放着新出版的杂志,任人翻阅。橱柜后面是一片更高的玻璃柜子,里面陈列着奖杯、奖牌与地球仪之类的东西。老板还擅长书法,所以书店也卖些喜幛、寿屏等东西,顾客选定了后老板可以为你题写贺词,譬如"松鹤延年""珠联璧合"等,每当小镇办运动会,奖旗、奖牌上的"强身强国""积健为雄"也多是他的字。

玻璃橱柜与对面高书架之间,有两块平躺的木板,上面放着封面朝上的比较通俗又畅销的书,新出版的言情小说占大宗,也有些教人书信的"尺牍"及天文历象之类的出版物。我读高中的时候,琼瑶开始流行,还有一个名叫金杏枝的,也不知道他是男是女,他们的书都像砖头般厚。琼瑶的书都有个很有诗意又女性化的书名,譬如《翦翦风》《寒烟翠》《六个梦》《月朦胧鸟朦胧》之类的,金杏枝的书名也很复杂,譬如叫《一树梨花压海棠》

《篮球·情人·梦》等,初看有些别扭,看久便也习惯了。那些书很吸引女性读者,封面也很花俏,红红绿绿的,为书店增加了不少颜色。

有一次我到书店看书,在店后方老板办公桌旁边的地上看到一个篮子,里面有一只小黑狗,因为太黑了,几乎看不清它的眼睛到底在哪里,它不时愉快地叫着,引得很多人去逗它摸它,我也伸手去摸了摸,它还用湿湿的舌头舔了我一下。想不到第二天我再到书店,听到一个也是广东人的书店伙计,跟书店老板讨论狗肉的烹煮方式,原来那只小狗昨晚已被他们吃进肚里了。我无法克制对老板的嫌恶,甚至于对所有广东人的厌弃,我知道广东人是吃狗肉的,很长一段时间我没再进那家书店。但罗东太小了,为了新知与灵魂上的需求,我后来又不得不进去。

书店老板除了吃狗肉不可原谅外,其他方面似乎还好,他很少说话,但待人和善,最大的好处是他允许我们随意翻阅他玻璃柜上刚运来的新杂志,从来没有干涉过。杂志中有香港"美国新闻处"出版的《今日世界》、卜少夫编的《新闻天地》、雷震编的《自由中国》,更早时还有张其昀办的《中国一周》,不知道谁编的专门报道内幕消息的《纽司》等。到我读高中的时候,杂志业似乎发展蓬勃,出版品越发多了起来,介绍科学新知的有"中国石油公司"出版的《拾穗》、台湾铁路局出版的带有浓厚文艺腔的《畅流》，还有《野风》《文坛》《作品》《自由谈》等刊物，后来又有夏济安与吴鲁芹编的《文学杂志》及《现代文学》。有一段时候，书店还卖香港"进口"的杂志，除了前面说的《今日世界》与《新闻天地》外，尚有《民主评论》与《人生》等。那时候一位名叫张国兴的先生事业有成，在香港办了家"亚洲出版社"，出了很多好书，他们还办了本《亚洲画报》，印刷精美之外，这本杂志竟还办过水平很高的小说征文比赛，一度盛况空前。那些杂志我都是先在书店看的，有些好文章来不及看，就记得是哪本刊物，我读高中后，学校的图书馆渐上轨道，便到图书馆的期刊室去看完。我好像没有在书店买过杂志，但我几乎看过他们橱柜上所有的展示品，而且一期不漏，老板从不小气，从未阻止我们"白看"，这使得我对他的观感慢慢变好。

最吸引我的是摆在进书店左手边较内侧书架上的书了。当时台北有家新兴书局，出了许多汉译世界名著，都是白底封面，书名是黑底反白字，书名框框的边故意弄成不规则的锯齿状，他们出的书，不论厚薄，都一个式样，但部部有分量，洋洋大观，不可小觑。我就在书店，几乎用站姿看完了他们陈列的书，其中包括托尔斯泰的三部大堆头的小说《安娜·卡列尼娜》《战争与和平》《复活》，屠格涅夫的《父与子》《初恋》，法国文学家罗曼·罗兰的《约翰·克利斯朵夫》《巴尔扎克传》与《贝多芬传》，当然还有英国小说家简·奥斯汀的《傲慢与偏见》，勃朗特的《简·爱》，狄更斯的《双城记》，雨果的《双雄义死录》(即《九三年》)，德国当代作家雷马克的《西线无战事》与《凯旋门》等。这些书绝大多数是在书店看完的，很少一部分是在书店看了前半部，再从学校图书馆借出来看完。这么多书在架上一式排开，规模与阵容都令我惊讶。打开世界文学的眼界，我确实是从这家书店开始的。

在书店看书要遵守一定的规矩，首先要自爱，不要阻碍书店做生意，不可"霸"着位子，看书不可折页，要让整本书看完仍能保持新书的样子，这本事很难，但不时锻炼，也可以做到。还有个心理因素要克服，就是明明买不起，也不要让人觉得自己在"白"看他们的书，所以看同样一本书的时间不能拖久，当然最好也不要站在同一位置看。看"正书"之前，要装模作样先翻翻其他杂志，再翻翻其他畅销书，最后把自己想要的书抽出看上几页，走的时候，再摸摸其他的书，一副无辜的样子，这样几周下来，神不知鬼不觉就可以看完一本世界名著了。

有时还要养成同时能看两三部书的本事，不要老抱着一本书不放，这就更像在随意翻阅的样子了。然而这样忽冷忽热、一下高潮一下低潮，不同的故事、不同的人物杂凑在一块，把阅读的线条弄得乱七八糟的，读起来不很舒服，至少不很畅快，但这些伪装是权宜之计，是不得已的。

有一天，我在书店碰上一个同学，他急急忙忙地找老板买了一本当期的《今日世界》，原来他正热衷于玩这本周刊后面的"填字游戏"，只要填对了寄到香港总社，就有机会得奖。他一买来就翻到后页，旋开钢笔当场填写起来，他摇头晃脑一会横一会直地填着，有时会问老板对不对，他已经跟老板混得很熟了，老板常会帮助他。遇到有一题，提示上说是英国小说家查尔斯·狄更斯的一本小说的中文译名，我的同学看老板，老板笑着要他问我，说："你这位同学上个月在我店里已经整本地把它看完了呀！"我十分惊恐，只好问我同学书名是几个字的，他说是五个字，而且第四个字好像是"生"字，我说是《块肉余生述》吗？同学顿了一下大叫对了，匆匆填上后千恩万谢地跑开。他必须立刻赶到邮局把填字游戏寄出，否则就迟了。我那时尴尬得不得了，书店只剩下我与老板，我必须独自面对老板诡谲的笑容。我长期以来费心的伪装，事实上早被老板看穿。

我读大学之后偶尔回乡，常常第一件事是到那家书店去"重温旧梦"，琼瑶与金杏枝仍在，只不过曾喂饱我心中饥渴的汉译世界名著已越来越少了。老板与我很熟，会问我台北的消息，有一次我问老板，书店的书怎么越来越少了呢？那一次，老板显出了老态，精神有点涣散，他说那些书有的进货了十年也没法卖出，罗东天气潮，那时的书是用铁丝穿订的，放上几年，铁丝生锈断了，书都散了，或者书页沾着铁锈的黄渍，就都卖不出去了。

我读大学时，因为做家教及其他机会，偶尔会有一笔收入，生活虽仍艰困，比起以前算是余裕了些。我觉得自己对不起这家书店，它在我人生最困顿的时候，曾免费提供支援，让我发现有更大的世界可以探索，鼓起我生存的勇气，因此我每次回乡，有机会就到书店去买几本书回来，算是对这位恩人的些许报偿。我买的书大部分是已快绝版的汉译世界名著，尽管那些书我早已看过。再过了几年，那些我习惯看的书已经没有在卖的了，书店的书大部分都成了学生的参考书。当时台湾的学校流行补习，需要用很多辅导课业的参考书，那些出版品的销路很好，但有个缺点，就是当一家书店禁不起利诱卖起参考书，就没法恢复以前的味道了。

后来我知道原来的老板把书店"顶"给别人经营了，原因是什么，没人知道，也许老板欠了债，或是老板老了，无力做下去。书店没有改名，招牌上的字还是老板的旧题，但气氛已大不如前，再过了几年，连改卖参考书的书店也歇业了。小镇当然比以前繁荣许多，到处都是贴满马赛克的新式楼房，街容当然大大改变了，楼房里面开了很多日式的餐厅，也多了几家卖泡沫红茶的店，汽车、机车也是满坑满谷的。奇怪的是诸事繁华之后，却连一家像样的书店也没了。缺少书店的小镇，显得浮躁又虚无，站在人车喧闹的街上，让人不禁想到灵魂与躯壳相对的许多许多问题。

书法的记忆

我在读小学的时候，大多数的书写工作都使用铅笔，另有书法课，就须使用毛笔。我读高小（小学五、六年级）时转到一个以外省学生为多数的学校就读，那个学校很注重书法训练，让一位教师专门教我们写字。我记得那位教师名叫张鸿声，是一个个子粗壮的山东老汉，皮黑而虬髯满面，再用心刮也刮不怎么干净的样子，他十分严肃，我们好像从没见他笑过。

书法课由磨墨开始，他先要我们把砚台恭敬地放在桌前，不得放歪了，注水入砚，然后把墨拿正，轻放在砚池上，由左朝右顺时针方向慢慢研磨。把墨磨浓了后，要我们拿笔蘸着写字。握笔要指实掌虚，笔要垂直，对着鼻心，老师说练字即练心，"笔正则心正"，他要求任何一件有关于书法的事都须注意"正"这个字，不只笔要正，磨墨的时候墨也要正，他说人要心想坏事，就会把墨磨歪了、字写斜了，所以又有"墨正则心正""笔正则心正"的话。但我们当时年纪小，根本不晓得彼此的因果关系，是心不正影响到笔墨不正呢，还是笔墨不正影响人的心术，这事我们不敢问老师，老师也从未解释过。

他看我们笔拿得不正或墨磨歪了，就命令我们站起来，用拳头猛击我们的胸口，这是最重的惩罚，嘴里还大声嚷："混球烂虾毛！"我们不知道究竟是哪几个字，也不知道其中的正确含义，但确是骂人的准没错。也有比较轻的惩罚，他从我们后面走过，看见有哪一笔写歪了，会卷起食指与中指敲击我们的脑袋，敲脑袋就不会那么使力了。

以前的书法教育是先让学生"描红"，描红是让初学的学生用毛笔描写纸上的红字，主要在训练字的架构，让人知道如何把字"撑开"。但张鸿声老师教我们写字不准我们描红，他认为坊间所售的描红本书法庸俗，说字写丑了还有救药，写俗了就没得救了。我后来读书，读到中国艺术理论中有一个"宁丑勿俗"的理论，原来我们在小学时已受此教诲。老师教书法还因人施教，在我们胡乱写了将近一个月之后，他看我们的笔势气韵，为我们选了不同的碑帖来临摹，老师帮我选的是欧阳询《九成宫》，有几个同学用的是柳公权的《玄秘塔》，有的学的是颜真卿的《多宝塔》《大唐中兴颂》,还有的是写虞世南或褚遂良的碑帖,现在已记不起来了。从此之后,每人都各有所"属"地练起自己的一套笔法出来,环肥燕瘦,各不相同。

我记的班上一个女生,老师规定她学写《大唐中兴颂》,她觉得颜鲁公的字又肥又方很不好看,觉得我写的《九成宫》倒娟秀得多,就冒着胆求老师,看看能否让她也学欧阳氏的"率更体"。想不到老师不答应,骂她说你知道什么,在他看来,欧阳询的字外似柔媚,其实字里面骨硬如石,而颜鲁公的字,看似布局森然,反而简和康雍许多。但小学生哪知道这些,还是不时去闹,最后老师还是让她改写柳公权的《玄秘塔》了。为什么不干脆让她学《九成宫》,我到现在还是想不透。

上初中与高中的时候,都没有传统的书法课了,但学校规定,凡是作文都得用毛笔书写,学生的作文簿是毛边纸做的,必须用毛笔才写得上去,老师批改也得使用毛笔。作文是"国文"课的一部分,教"国文"的老师对传统书法都还不陌生,所以作文要用毛笔书写就相衍成习,没有发生过什么问题。但要命的是台湾教育当局不知道是从什么时候开始规定的(可能是从大陆带来的"遗规"),要学生每周都须交"书法习作",这"书法习作"各校宽严不一,但都是要做的。而学校并没有专业的书法老师,学生每周必须上呈的"书法习作",只得由各班导师收拢来"批改"。

而导师的组成比较复杂，不见得是"懂"书法的老师，有教英文的，有教数学理化的，有些学校大，甚至体育、美术老师也得被"抓"来担任导师。要他们"批改"书法就是个笑话，这些老师遇到学生上呈的"书法习作"，往往只得应卯式地在上面写个"阅"字了事。

当时除了有"书法习作"之外又规定要写周记，是每周一篇生活与学习的记录，奇怪的是"周记簿"也是毛边纸的本子，须用毛笔写作，跟"书法习作"一样也是交给导师批阅。尽责任的老师，往往借这周记知道学生生活、学习上的问题，从而安顿辅导，不认真的老师则随便应付。由于规定也要用毛笔批阅，他们按照处理"书法习作"的办法，通常在上面匆匆写一"阅"字，就不再管它。

这种要用毛笔书写的作业，到我大学毕业后在中学滥竽教职时仍然没改，作文、"书法习作"及"周记"都还是得用毛笔书写批阅，我不知道这种虚有其表的书法训练对学生而言有什么帮助。我离开中学不久，就听说学生的周记已改成用钢笔或原子笔写了，而作文还是得用毛笔，至于每天得写大小楷的书法作业是不是也同时废除了，我就不是那么清楚了。

小学的时候我们遇到的老师，大多是大陆来的知识分子，那一代的读书人，对书法都有些基本认识，整体而言，不论硬笔、软笔，字都还写得有模有样。但到了中学后，情势就变了，我读初中时，学校还有部分日据时代留下的教师，他们大多教物理、化学、数学等理科课程，自然没有书法的经验，后来又来了一批年轻的老师，他们受的是新式教育，里面没有书法一项，所以也多不会写字。我后来也遇到一些在日据时代受过日式"书道"训练的老师，我看他们的书法，写的同样是汉字，用具也是同样的文房四宝，但他们对书法的了解，不论是书体的好坏，甚至于握笔的方法，多与我所知的大异其趣，我当时不能分辨，以为其中必有道理。

我在大学教书的时候，有一次应邀到冲绳大学开学术会议，会后日本同人安排了一些参访节目，其中一项是参观日本传统的"茶道"与"书道"。日本一般把比较正式的喝茶称作"茶道"，把比较正式的书法称作"书道"。日本人喝茶，讲究起来比我们中国人要繁复许多，他们在正式场合喝的茶叫作"抹茶"，但不管他们如何慎重处理那杯恭谨奉上的茶，我们台湾的学者都不觉得好喝，抹茶的绿，绿得太过，又有强烈的海藻或鱼腥味，这与我们喝惯的冻顶乌龙与铁观音比起来，实在有天壤之别。

喝完茶又有人表演"书道"。先是一穿戴整齐门生之类的人上场擦拭桌子，他拿着雪白的抹布，细心又恭谨万端地、一遍遍地在桌面抹着（我们起初怪他为什么不先抹好，后来知道擦拭桌面是整个"书道"仪式的一部分）。擦完退下，又有几个穿戴整齐的人端上文房四宝，文房四宝不是一起端上，而是一件一件地端上，譬如先端上砚盒，打开盒子，取出石砚，撤下砚盒，再以一个精美的瓷水注帮石砚注水，注了适量的水，再由一人极慎重地在刚才端上来的墨盒里挑一管新墨，当场研磨起来，磨完墨又有人来铺纸选笔，也是拖泥带水地充满着仪式的意味，最后一切搞定，全场静默。

不久从隔壁和室走来一位穿白净和服的老头，这就是要为我们表演的书法家了，这位书道大师名字前面好像有"大国手"之类的称号，跟我们围棋大师吴清源的称号一样，可见受人尊重。"大国手"跽坐桌前，选笔舔墨，他好像不满意这管笔，又选了另一管，一管一管地试，直到他满意了。他把蘸满墨的笔高举空中，两眼紧闭，屏气凝神了好一阵子，终于落笔飞快地在白纸上写了一个大大的"道"字，写完起身，这时堂里群众热烈鼓掌，"大国手"则不加顾盼地旋身走人。我们后来走到前面观赏大师的巨制，几个日本学者在墨宝前用日语"捏、捏"地赞叹不已，我们几个不看便算了，一看才知道那个"大国手"只是个装腔作态的人物罢了。那个"道"字写得实在不怎么样，不只结构不稳，最后一捺又拖得太长了，而且收笔做顿笔，根本是错了。怎么说呢？只能说中日两国的书法审美方式取径不同吧。

我在读初一的时候，碰到一位极有趣的老师，他名叫邹人，教我们历史。他喜欢写字，住在学校的日式宿舍，宿舍里面到处都是他写的字，有的写在棉纸上，有的写在白报纸（又叫道林纸）上，大部分是写在看过的报纸上。他是四川人，喜欢吃一种特殊发了酵的酱菜，还有极辣的辣椒，一进他家门就闻到扑鼻的酱菜味与辣味，再加上他因为穷买不起好的墨，所用的墨汁是最劣等的，会发一种像脚臭一样的味道，所以他家里总是五味杂陈，很不好受。

当时很多人都说他的字写得好，我们做小孩的其实并不很懂他的字到底好在哪里，却知道邹老师是一个喜怒无常又莫测高深的人，他有名的书法使得他特殊的个性有了注脚。如果活到现在，他应该可以成为一个名利兼收的艺术家，但在那个时代，他的艺术不只别人，就连他自己也从来不知顾惜。他把写好的东西，随便扔到地上，有时就送给我们学生，我们如果敢到他臭气冲天的屋子里，想拿多少就可以拿多少。我一度藏有许多他的作品，大多是写在道林纸上的那种，有的还落了款，但宜兰台风多，所藏后来都毁于风雨了。

我读初中的时候还是标语流行的时代，学校建筑的墙面，还有走廊的柱子上，到处看得到标语。那些标语通常是用白漆写在蓝底上，内容多数是劝勉人敦品励学的话，当然其中也掺有些

"反共抗俄"的政治口号,标语多了其实也没什么人会去看它。奇怪的是我们学校的墙头标语也大部分是邹老师写的,不知道是他自己想写,还是学校看他字好硬要他写。在墙面写标语得用刷子蘸油漆写,工具与一般书法很不同,不知他怎么写得惯。他写的标语与一般工匠写的很不相同,常常会用行草,有的地方甚至是狂草,有些时候把几个字连笔写在一块儿,对我们初中学生而言,跟鬼画符没有差别。有几个礼拜他忙于写标语,碰到有课还得上课。他来上课的时候,比平时还要蓬头垢面,衣服与手上、脸上还沾着不是蓝就是白的油漆,也许因为在烈日下晒了一整天,他情绪比平时起伏大,骂人时更不留情面,大家小心谨慎地不敢冒犯他。平常日子他已被认为是半个疯子,写标语的日子,竟不折不扣地成了全疯的人了。

我到高中的时候,遇到一位国文老师,他姓禚,这"禚"字读作"卓",是很少见的姓,我们没被他教的时候,只知道学校有位"糕"老师,以为是蛋糕的糕字。禚老师是鲁南郯城人,字仲明,号梦庵,他也是位书法家。不过禚老师其实是个诗人,他旧诗写得极好,书法对他是写诗的"余事"。他旧学很有根底,史部尤精三国与宋代,有《三国人物考》与《宋代人物》等专著,诗集则有《巴山夜雨集》等。他的书与诗集并不是"私藏本",而是由当时商务印书馆的"人人文库"出版发行的,可见他在诗坛与史学界颇被肯定。

这里谈他的书法。他的书法似乎不宗一体,有意采各家之长,配合了他特殊的人格气象,发展出一种特殊的字体。他早年的字,常故作倚斜,一个字的最后几笔总比前面的略重些,字很浏亮,但让人觉得秀而不庄,逸而欠实。后来他愈加锻炼,字体也变得平缓而沉稳了,晚年退休后则日日绘画写字,书艺大进,已昂然有书家风范,点捺之间,涵蕴着不可言喻的气势。

旧诗人经常往复唱和,老师因而得以与许多未谋面的诗人交换诗作,诗人多擅书法,看他们的诗作,常琳琅满目,养心养眼。我在老师家就得以见到许多当代老诗人的翰墨,包括梁寒操、易君左、马寿华、王壮为及于右任等。于右老被誉为"党国大老",又是有名的书法家,后来我听老师说,才知道他青年时代就是个极有才情的诗人。于右老似乎对禚老师的诗作十分欣赏,虽然辈分、年龄都比老师高,但经常书信往返。于右老给禚老师的信写得很短,往往只有几个"承命""可覆瓮补壁"等字,信中往往附有一草书的中堂,有时是一副对联。有一年过年,老师把于右老给他的一幅草书中堂裱褙好了,挂在他客厅兼书房的一面墙上,起首是"何年顾虎头"的一首杜诗,真是墨老笔酣,铁画银勾,每笔每画像是能在纸上游动的样子,旁边同样是他的行书大字对联，上面写着：

> 海纳百川有容乃大
> 壁立千仞无欲则刚

我很难形容我初见这三个条幅时的感觉，我被点画之间的力量震慑住了，连呼吸都不敢出声。春节前后天气阴霾，老师客厅旁的窗玻璃被风吹得则则作响，窗外竹影摇曳，室内很暗，但有种光线从冥冥中透过来，那光像基督教说的神的光，逼得你不太敢仰视又不得不注视，原来艺术有这么磅礴的力量！当时我确实是这样想的，在我的一生中，能与这么宏大的事物相处，即使只有片刻，也就觉得不虚此行了。

我后来到台北求学，然后就业，因缘巧合，遇到不少以书法名家的人，也接触过不少古今名人翰墨，而印象最深的，却是早年在乡下的与书法有关的记忆。原来我们与艺术的结缘，最初的印象与感动往往操纵人的一生，这与初恋的感情完全一样呢。

高中毕业后，过了十年，禚老师病故。老师有三个儿子，最小的最得老师与师母的爱宠，他们都以"小三"来叫他，而小三却不幸在青年时代得了精神方面的疾病。老师病故前，一次我从桃园回去看他,发现客厅一片零乱,字画书册,隳败一地,其中被撕得粉碎的,也包括了于右老的那两件书法。老师默然坐在一角,说多年所存的已毁于一旦,像对着我说,也像自言自语。但老师说话时,表情出奇地平淡,好像他早就知道生命中存在的一切,注定要在某一时刻,一件不存地消失了一样。

代跋　暮光之城

张瑞芬

从二〇一〇年年尾到二〇一一年年头，读者们在书市上至少看到了四本真正的"家族合照"——亮轩的《坏孩子》、吴亿伟的《努力工作》、陈俊志的《台北爸爸，纽约妈妈》以及廖玉蕙的《后来》。我不知道周志文教授是否有终结这一切的意味，总之他于近日推出的《家族合照》，是连一张照片也没有。一本没有老照片可供忆旧证实的回忆录，只有些天光云影、风的切片、废椅子旧单车、窗纸上的松痕、心头的人影，穿梭在文字的铁渍锈斑里。

噫！这人不是太低调就是太自负了吧！

我不由得想起英国知名艺评家约翰·伯格（John Berger）多年前在《观看的方式》（*Ways of Seeing*）里说的："我们看到

的世界,与我们知道的世界其实是两回事。""注视是一种选择行为,我们通常只看见我们注视的东西。"甚且,"我们注视的从来不只是事物本身,我们注视的永远是事物与我们之间的关系"。从这里来理解周志文的《家族合照》,就知道为什么他不以眷村文学这个大框架来界定他笔下的童年生活,反而在卷首序言《远方军号声》中,不厌其烦地描绘着印象中宜兰海边的颜色、气味与声音。这是一场背景鲜明、主体模糊的舞台剧,乱世且偷生,人命如蝼蚁。随军来台的幼童依附在姐姐所属的眷村里,寒碜的物质、疏忽的照拂,永远是东北季风呼啸、海涛声拍打沙岸、后山的单调灰败,加上一种两头不靠岸的疏离感,因此成了周志文回忆录三部曲的基调。那"事物本身",或许是邱坤良笔下的南方澳渔港,宝蓝色波光潋滟,泼辣辣生猛带水,但我们注视的毕竟是"事物与我们之间的关系",周志文《家族合照》的后山回忆因此仿佛沐上了一层柔焦或暮光,带着一点怅惘的回望姿态,伤感着。

怀旧有怀旧的质感与色泽,即使是别人的家,寄宿的家,甚或是实质上已不存在的家。导演吴念真的《这些人那些事》中,在生命的暮年,不也还是念念于九份矿坑的美丽与哀愁?在这悲情城市里,我们看到的世界,逐渐与我们知道的世界整合起来,于是隐隐透出了生命的暮色余光。周志文近年的回忆三部曲,在学术内外、省籍之间、东西两岸,甚或是历史诠释上,全部都是非典型。他以一种艺术的升华、清淡隽永的韵致,拔高来看这冷热人间,辰江的水是这样悠悠地流,谁知"幽咽泉流水下滩"背后负载的是这般沉重心事。

在稍早的《同学少年》《记忆之塔》里,周志文教授就习于透过小人物的微琐命运来展现大时代氛围,而在《家族合照》开篇,他更以不详的身世来界定自己。追根溯源,父母的籍贯、姓名、年纪、学历与职位,在那萍漂蓬飞的战乱年代里,样样都可能是错的,像一盘打乱了的棋谱,无处申诉,无从查核。而所谓的家人,有着不同血缘的亲疏远近和恩怨情仇,又令人精神疲惫。《家族合照》辑一"家族合照"写家人姊妹,辑二"竹篱内外"是眷村传奇,辑三"余光"则总绾成长记忆。像冬日暖炉边的老奶奶讲古,是非俱已远去,记忆却无法磨灭。《家族合照》堪称《同学少年》的加长版,历史情结大量地和本地记忆混在一起,是边缘版的外省小孩成长史,也呈现了迥异于其他台湾眷村文学的东海岸独特视野。

正如作者于卷首引达纳·乔雅所说的:"那些忧伤的日记,未曾坦承的爱的难言之痛,都不会因为无言就不真实。"周志文《家族合照》中选择"注视"的对象,包括家人与邻人,又大致都是悲剧以终,无言的结局。母亲、大姐、二姐、三姐与妹妹的人生，像一曲荒腔走板、嘈杂盈耳的混声合唱；《姐夫》里退伍后一蹶不振的二姐夫，老病潦倒，道地是痖弦《上校》的翻版；《路姐姐与奚姐姐》同是嫁了"飞官"的悲喜人生，简直让我想到白先勇《台北人》里的《一把青》；《商展场的初恋》《竹敏》里的眷村少女，活脱脱就要演出"光阴的故事"了；《书记官郭荣仁》和《老兵唐桂元》刚好是眷村里一文一武的两种落魄典型，好也好不彻底，坏也坏不彻底。周志文教授并不是第一个写这种题材的，但他惊人的记忆力，还原了竹篱笆内外小人物的生活，"竹篱内外"的每一篇，几乎都可以敷演出一个中篇小说或一出肥皂剧来了。

而到底是一个中文学者的底蕴，周志文《家族合照》辑三"余光"里，《风的切片》和《稻田里的学校》《小镇书店》，散写成长记忆与知识启蒙的点滴余事，情味兼具，见证了一个物质贫乏、精神上却有着无穷可能的时代，是可以跳脱系列家族故事而独立存在的佳文。用钢笔和书法来总结回忆系列，看似突兀，其实别有深意。你看他津津乐道几代派克钢笔、伟佛钢笔、西华钢笔都磨秃了还不忍丢的情状，就知晓他的书法也是铁杵磨成绣花针的。这是一个人与物一起被无情淘汰了的时代（如同襐老师的极品书法），尽管"知识是一种形式，而形式又是一种隔绝"，什么都崩毁了，但记忆强韧如斯。

正如约翰·伯格说的:"知识和信仰会影响我们观看事物的方式。"惦记着儿时海边军营的军号只有三个音阶的周志文,他的《家族合照》如映照着暮光的城池,悠悠响起一阕悲怆却雄浑的号角声。

(原载台湾《文讯》三〇七期)